BASTEI
LÜBBE

Taschenbücher von CHRISTOPHER PIKE
im BASTEI-LÜBBE-Programm

74 001 Die Mitternachts-Freunde
74 002 Laras letzte Party
74 003 Gefährliches Rendezvous
74 004 Die ewige Feindin

Christopher Pike

Nachrichten aus der Zukunft

Unheimlicher Roman

Ins Deutsche übertragen
von Uwe Beyer

BASTEI LÜBBE

BASTEI-LÜBBE-TASCHENBUCH
Band 74005

Erste Auflage:
Februar 1996

Deutsche Lizenzausgabe 1996
Bastei-Verlag Gustav H. Lübbe
GmbH & Co., Bergisch Gladbach
Originaltitel: The Eternal Enemy
Lektorat: Karin Schmidt
Titelbild: Peter Wrobel
Umschlaggestaltung:
Quadro Grafik, Bensberg
Gesamtherstellung:
Ebner Ulm
Printed in Germany

ISBN 3-404-74005-X

1.
KAPITEL

Ich war ein ganz normaler Teenager. Ich stand auf schöne Klamotten und laute Musik, lange Telefongespräche und verträumte Sommerabende. Worauf ich am meisten abfuhr, waren Kekse und Typen. Meine Lieblingskekse waren die mit Schokoraspeln – und dazu Milch. Zu Keksen gehört einfach Milch dazu. Habe ich schon immer gesagt.

Meine Lieblingstypen – na ja, eigentlich gab's da bloß einen. Er hieß Christopher. Ich heiße Rela. Ich brauchte nur ›Chris und Rela‹ zu denken, und schon bekam ich eine Gänsehaut und hoffte, daß wir eines Tages zusammen sein würden. Wenn ich heute an uns denke, fühle ich mich ganz anders – traurig, sehr traurig. Aber im Kummer steckt auch was Schönes. Das begreife ich jetzt. Jemand, den ich gut kannte, hat einmal gesagt, wenn es keinen Kummer gäbe, gäbe es kein Mitgefühl. Genauso ist mir zumute, wenn ich diese Geschichte erzähle – ich spüre die Liebe für die Menschen dieser Welt.

Meine Menschen.

Wie schwach wir doch alle sind. Die Zeit sitzt uns im Nakken, sobald wir auf die Welt kommen. Sie erlaubt uns, erwachsen zu werden. Wir gehen zur Schule, arbeiten, verlieben uns, heiraten und kriegen Kinder. Die Zeit erlaubt uns das alles. Aber schließlich bringt sie uns um. Sie ist wie ein Freund zu uns, aber eben nur eine Zeitlang. Allzulange bleibt mir nicht, diese Geschichte zu erzählen – mein alter Freund steht nämlich schon vor der Türe. Dieses Mal bin ich an der Reihe.

Also fange ich an.

Ich wollte einen Videorecorder kaufen. Mein Vater hatte keinen. Wahrscheinlich waren wir die einzige Familie in Los Angeles, die kein solches Gerät besaß. Für mich war das deshalb so furchtbar, weil ich Filme über alles liebte. Ohne Quatsch, an einem Samstag oder Sonntag konnte ich locker dreimal hintereinander ins Kino gehen, ohne dabei schlappzumachen. Ich war nicht anspruchsvoll und konnte mir echt alles reinziehen, sogar billige Science-fiction, egal wie, ließ mich ins technologische Paradies düsen – solange ich Popcorn bei mir hatte. Kekse, Typen, Filme und Popcorn. So stellte ich mir das Leben vor!

Jedenfalls wollte ich einen Videorecorder kaufen, hatte aber bloß zweihundert Dollar. Zusammengekratzt hatte ich das Geld durch meinen Nachmittagsjob in unserer Stadtbücherei – montags, mittwochs und freitags von drei bis neun. Schulfreunde hatten mir gesagt, daß es bei Circuit City gute Preise und eine ziemliche Auswahl gab, also ging ich dorthin. Es war Donnerstag nachmittag, und ich kam gerade aus meinem Kunstkurs, in dem ich an einer brillanten Skulptur meines Kopfes gearbeitet hatte. Ganz schön eitel, ich weiß, aber ich hatte eben Spaß dabei.

Ein junger, gutaussehender Verkäufer rannte mich förmlich über den Haufen, als ich den Laden betrat. Das war mir nur recht, denn ich brauchte jemanden, der mich beraten konnte. Der Typ war blond und von der Sonne gebräunt; seine Muskeln quollen hervor, als sei er gedopt. Er mußte so um die zwanzig locker-leichte kalifornische Jährchen draufhaben.

»Kann ich dir helfen?« fragte er.

»Ja«, erwiderte ich. »Ich möchte einen Videorecorder.«

Er wies über seine Schulter auf ein Regal mit Recordern. Ein Blick auf die Preise machte mich nervös – nichts unter dreihundert. »Wir haben eine ganz nette Auswahl«, sagte er. »Weißt du schon, was du suchst?«

»Etwas Gutes und Billiges.«

Er war amüsiert. »Wie billig?«

»Zweihundert Dollar.«

»Du wirst schon ein bißchen mehr anlegen müssen, um was Gutes zu kriegen.«

»Mehr hab' ich nicht.«

»Hast du 'ne Karte?«

»Eine Kreditkarte?«

»Genau.«

»Nee«, sagte ich. »Ich habe bloß zehn Zwanziger hier in

meiner Lederbörse. Das ist alles, was ich auf dieser Welt besitze.«

Er gluckste. »Schon wieder einer von unseren armen Obdachlosen. Die kommen ständig hier an und wollen hochwertige Elektronik haben.« Er drehte sich um. »Wir sollten erst mal einen Recorder finden, der dir gefällt; dann kannst du immer noch sehen, wie du das Geld zusammenkriegst.«

In den nächsten fünf Minuten erklärte mir Ed – er trug ein Namensschildchen –, warum er manche Marken besser fand als andere und warum ich mit zweihundert Dollar nicht hinkommen würde. Doch als wir den Gang entlanggingen, entdeckte ich ein paar Geräte, die für weniger als zweihundert zu haben waren. Ed meinte, sie wären nichts für mich, weil sie nur zwei Videoköpfe hatten, ich aber vier bräuchte.

»Mit nur zwei Köpfen wird die Qualität grauenhaft, wenn du auf Zeitlupe schaltest«, erklärte Ed.

»Warum sollte ich jemals auf Zeitlupe schalten?« fragte ich. »Ich will bloß Filme ausleihen und angucken können.«

»Hast du *Lethal Weapon* gesehen? Den ersten Teil?«

»Ich glaub' nicht.«

»Du mußt ihn gesehen haben. Als der auf Video rauskam, waren alle Frauen scharf drauf. Da gibt's nämlich so 'ne Szene, ziemlich am Anfang, in der geht Mel Gibson durch den Raum, splitternackt. Um von dieser Szene wirklich was zu haben, brauchst du einfach Zeitlupe. Wenn dein Recorder bloß zwei Köpfe hat und du dir diesen Film anschaust, geht das ganze blöde Gerät wahrscheinlich in 'n Eimer.«

Ich muß wohl ziemlich ungläubig ausgesehen haben. »Ich werde es nicht darauf anlegen, meinen Recorder kaputtzumachen, nur um Mel Gibsons Hintern anzuschauen«, sagte ich.

»Wie heißt du?« fragte Ed plötzlich.

»Rela.«

»Was ist das denn für 'n Name?«

»Ein schöner. Und was für 'n Name ist Ed?«

»Wie alt bist du?«

»Achtzehn. Brauch' ich etwa einen Führerschein, um alle vier Videoköpfe zu bedienen?«

Er lachte. »Kommt drauf an, was du dir mit all diesen Videoköpfen in Zeitlupe angucken willst. Paß auf, Rela: Du gefällst mir. Ich mach' dir ein Angebot. Wenn du ein bißchen mehr anlegst, als du eigentlich willst, wirst du mir später dankbar sein.«

Ich nahm ihn etwas näher unter die Lupe. »Und wann werd' ich dich später mal sehen, Ed?«

Das haute ihn erst mal um. Er machte einen Schritt rückwärts und strich sich über sein kurzgeschorenes Stoppelhaar. »Tja, ich hätte nichts dagegen, dich wiederzusehen, Rela. Hast du Telefon?«

»Sag mal, machst du mich hier an oder was?«

»Na klar. Überrascht?«

»Kann man wohl sagen.«

»Wieso denn?«

»Du weißt doch gar nichts über mich. Du hast mich gerade eben erst kennengelernt.«

Ed zuckte mit den Schultern. »Ich kenne kaum einen meiner Kunden. Ist auch besser so. Aber dich find' ich nett. Was machst du Samstag abend?«

»Ich geb' eine Party bei mir zu Hause. Deshalb will ich auch einen Videorecorder – dann kann ich ein paar Filme zeigen.« Ich machte eine Pause. »Aber du kannst nicht zur Party kommen.«

»Und warum nicht?«

Ich zögerte. »Mein Freund wird da sein.«

»Du hast einen Freund?«

»Na klar. Jetzt bist du wohl überrascht?«

»Bin ich gar nicht. Du gefällst mir, das sagte ich doch. Ich würd' echt gerne mit dir ausgehen. Wie wär's mit Sonntag abend?«

»Aber . . .«

»Wie lange kennst du deinen Freund schon?«

»Nicht so lange. Eigentlich ist's bloß ein Junge, den ich echt mag.«

Ed winkte ab. »Klingt, als sei er ein Langweiler. Laß uns Sonntag abend ins Kino gehen. Dann brauchst du dir keinen Film auszuleihen.«

Ich blieb stehen und schüttelte den Kopf. »Schade, daß bei mir keine vier Köpfe auf der Schulter sitzen, sonst könnte ich vielleicht mit dir Schritt halten. Zurück zum Geschäftlichen, Ed. Du wolltest mir ein Angebot machen, bei dem ich mehr zahlen soll, als ich will. Und wie soll das funktionieren?«

»Hast du ein Konto?«

»Schon, aber da habe ich ja die zweihundert her, die jetzt in meiner Handtasche stecken. Auf dem Konto sind nur noch zehn Dollar.«

Damit hatte Ed keine Probleme. »Du kannst uns einen vordatierten Scheck ausstellen. Ich sag' dem Chef, daß ich dich kenne und daß du vertrauenswürdig bist.« Er langte nach einem schwarzen Recorder und legte seine Hand darauf. »Das ist ein *Pioneer*. Der ist ziemlich beliebt, und ich verkaufe 'ne Menge von den Dingern. Du hast deine vier Köpfe, das Gerät ist einfach zu programmieren, und *Pioneers* gehen selten kaputt. Normalerweise verkaufen wir dieses Modell für dreihundertvierzig, aber ich kann's dir für zweihundertachtzig geben.«

»Kriege ich so einen guten Preis, weil du mit mir ausgehen willst?«

Ed grinste. Ein schlechter Kerl war er nicht. »Den kriegst du, weil du so einen schönen Namen hast. Das ist Grund genug.«

Ich kaufte den Recorder. Ich brauchte den vordatierten Scheck sechzig Tage nicht zu begleichen. Ich schätzte mal, daß ich bis dahin aus dem Gröbsten heraus war. Ed fragte mich nach meiner Telefonnummer, als ich rausging. Ich lachte bloß. Kann manchmal die ungefährlichste Antwort sein.

Ich lachte nicht, als er meinen Führerschein sehen wollte, um die Nummer auf die Rückseite des Schecks zu schreiben. Ich wußte, daß es sein Job war, danach zu fragen. Ich senkte den Kopf und sagte ihm, daß ich ihn nicht bei mir hatte. Für ihn war das in Ordnung.

Ich war gut drauf, als ich mit meinem neuen Spielzeug auf dem Beifahrersitz nach Hause fuhr. Ich schaute es immerfort an und stellte mir dabei vor, welche Filme ich mir jetzt angukken könnte. Als nächstes, überlegte ich mir, käme wohl ein elektrischer Popcornröster dran.

Und ein Freund.

Zu Hause mußte ich Christopher anrufen, um ihn zu meiner Party einzuladen, das war klar. Ich mußte ihm Bescheid geben, damit er sich nichts anderes vornahm. Aber ich war zu aufgeregt, um gleich bei ihm anzurufen, und so beschloß ich, mit Stacy zu telefonieren, meiner besten Freundin.

Stacy kannte ich seit drei Monaten, seit Mitte Juli, als ich nach Los Angeles gekommen war, um bei meinem Vater zu leben. Ich hatte sie in einem Park getroffen. Dort hatte ich meinen Drachen fliegen lassen, genauer gesagt, ich hatte es versucht. An jenem Tag war nicht besonders viel Wind gewesen, und auch mein ganzes Hin- und Hergelaufe auf dem verdorrten Rasen hatte meinen roten Flieger nicht hinauf in den Himmel gebracht. Es war ein heißer Tag, und ich schwitzte wie in der Sauna. Wahrscheinlich hatte Stacy mich schon eine ganze Weile beobachtet, bevor sie zu mir kam und fragte, ob ich verrückt sei. Das war eine ungewöhnliche Art, jemandem hallo zu sagen, und dafür mochte ich sie sofort.

Stacy war einer der Menschen, bei denen es zwischen Hirn und Zunge keinen Umweg gibt. Sie sagte genau das, was sie im Sinn hatte. Manche Leute hielten sie für unhöflich, aber die hatten keine Ahnung, wie sensibel sie war. Trotz ihrer Direktheit hatte sie einen feinsinnigen Witz, bei dem man flink im Kopf sein mußte, um ihn mitzukriegen.

Stacy war ein wenig grobknochig und hatte kurze, braune, glänzende Haare. Ständig nahm sie sich selbst auf den Arm. Das tat sie aber nicht, um irgendeinen unsichtbaren Kummer zu übertünchen. Stacy war einer der glücklichsten Menschen, die ich kannte. Sie war achtzehn – wie ich. An dem Tag, als ich sie traf, half sie mir aus der Patsche, indem sie den Drachenschweif halb abschnitt. Fünf Minuten später flog mein Drachen weit oben durch die Luft.

Es war vier Uhr nachmittags, als ich nach dem Kauf meines Recorders heimkam. Ich hatte das Gerät noch nicht ausgepackt und wollte eben Stacys Nummer wählen, als unser Telefon schellte. Ich nahm den Hörer ab: Es war Stacy.

»Rela«, sagte sie, »hast du das Telefon am Bauchnabel angeschlossen? Du nimmst ja immer schon beim ersten Klingeln ab.«

»Telepathie«, erwiderte ich. »Ich weiß eben immer genau, wann du an mich denkst. Hey, ich hab's getan, ich hab' . . .«

»Du hast Chris angerufen? Wow!« unterbrach sie mich aufgeregt. Auch Stacy mochte Kekse und Typen. Daß sie ziemlich rundlich war, lag daran, daß sie außerdem auch noch Doughnuts mochte und eine ganze Schachtel davon verdrükken konnte, ohne einen einzigen Schluck Milch zu trinken. Trotzdem hatte sie keinerlei Mangel an Typen, die sie anriefen. Die hatten deshalb keine Scheu, vermute ich, weil Stacy mit jedem ausging, der sie anrief. Sie war eine Gebernatur und alles andere als eine ewige Jungfrau.

»Nee«, sagte ich, »ich habe mir einen Recorder gekauft.«

»Oh.« Sie war enttäuscht. »Du solltest ihn aber anrufen. Es ist einfacher, einen Typen am Telefon anzubaggern, weil er dein Gesicht dabei nicht sehen kann. Wenn er dann nein sagt, brauchst du deine Enttäuschung nicht zu verbergen.«

»Ich bagger' ihn nicht an. Ich will ihn bloß zu meiner Party einladen. Wenn er mit mir ausgehen will, muß er schon selbst davon anfangen. Soll ich dir mal was über meinen neuen Recorder erzählen? Er hat vier Köpfe . . .«

»Hey, cool, dann hast du Zeitlupe. Ich wünschte, wir hätten so was. Vorige Woche habe ich *Lethal Weapon* angesehen, und ich wollte . . .«

»Sag's nicht«, unterbrach ich sie. »Er hat zweihundertachtzig gekostet. Ich mußte dem Typ einen vordatierten Scheck über achtzig Dollar geben.«

»Das hat er mitgemacht? Da muß er aber ganz schön heiß auf dich gewesen sein.«

»War er auch. Er hat mich ziemlich angemacht. Und er will zu meiner Party kommen.«

»Hast du ihm erzählt, wo und wann?«

»Nee. Er hatte mordsmäßige Muskeln. Sahen beinah künstlich aus.«

»Wenn er deinen Scheck hat, hat er auch deine Adresse«, bemerkte Stacy. Wie schon gesagt, dumm war sie nicht.

»Hast du ihm gesagt, daß die Party jetzt am Samstag steigt?« fuhr sie fort.

»Ja, hab' ich. Wenn er kommt, kannst du ihn haben. Wie auch immer, Christopher kann ich jetzt gerade nicht anrufen.«

»Warum nicht?«

»Ich krieg' einen Anfall, wenn er nein sagt.«

»Er könnte doch auch ja sagen.«

»Die Chancen, daß er ja sagt, stehen bestenfalls fifty-fifty. Ich habe Angst – mein Gott, wie lächerlich. Bist du sicher, daß er sich nicht mit jemand anderem trifft?«

Stacy zögerte. »Weißt du, eigentlich wollte ich's dir nicht erzählen, aber ich hab' ihn ein paar Tage hintereinander mit Debbie Rosten beim Essen gesehen.«

»Debbie Rosten? O nein, dieses Biest! Ich hasse sie. Warum steht er auf sie?«

»Er hat nur mit ihr geredet. Das heißt doch nicht, daß er auf sie steht. Ich rede ständig mit dem alten Hund von meinem Bruder, und der stinkt.«

»Debbie jedenfalls riecht nicht wie ein alter Hund«, murrte ich. »Und ich werde ihn nicht anrufen.«

»Rela!«

»Stacy!«

»Was denn?«

»Gar nichts. Ich muß Schluß machen. Mein Vater kommt in einer Stunde, und ich will ihm ein tolles Essen machen.«

Stacy lachte. »Dann bagger Chris eben morgen in der Schule an. Wenn du's nicht tust, wirst du keine Ruhe haben.«

»Wahrscheinlich.«

»Was kochst du für deinen Vater?«

»Keine Ahnung – irgendwas Leckeres.«

»Du hast mir nie verraten, wo du kochen gelernt hast.«

»Hab' ich mir nach und nach selbst beigebracht«, sagte ich.

Es gab zwei Fernseher in unserem Haus, einer stand im Wohnzimmer, der andere bei mir im Schlafzimmer. Den Recorder wollte ich ins Wohnzimmer stellen, damit mein Vater auch was davon hätte. Trotzdem holte ich ihn erst mal in meinem Schlafzimmer aus dem Karton, weil ich mir in Ruhe anschauen wollte, wie er funktionierte.

Ich las die Bedienungsanleitung, während ich zwischen Schlafzimmer und Küche hin und her jagte. Im Eisschrank war Fisch, und ich beschloß, irgendwas damit zu machen, und nicht mit Nudeln, wie ich es ursprünglich geplant hatte. Das Handbuch für den Recorder war leicht zu verstehen. Die Technik macht echt Fortschritte, dachte ich, als ich das Gerät für einen Film programmierte, der Freitag spätabends in einem Kino-Kanal laufen sollte – genauer gesagt, Samstag superfrühmorgens um drei. Jedesmal, wenn ich etwas programmierte, blinkte es auf dem Bildschirm.

Der Film, den ich aufnehmen wollte, war ein alter Sciencefiction-Horrorstreifen, den ich mal als Kind gesehen hatte. Er hieß *ES! Der Schrecken aus dem Universum!* Bei *ES!* ging es um eine Weltraumexpedition zum Mars, die das Pech hatte, ein außerirdisches Monster mit an Bord zu nehmen, das Heißhunger auf Menschenfleisch verspürte. Ich erinnerte mich, wie geschockt ich als Kind gewesen war, als Crewmitglieder vor dem Monster flohen und dieses Ding sich einen von ihnen an den Beinen schnappte. Während die Kamera den Angstschweiß auf den Gesichtern seiner Kameraden zeigte, hörte man gleichzeitig grauenhaftes Geschrei: *›Helft mir! Bitte, jemand muß mir helfen! O Gott, neiiiiiin!‹*

Nach diesem Film hatte ich monatelang Alpträume – ich fand ihn klasse. Ich stellte mir vor, *ES!* würde meine Party aufpeppen, wenn die Sache langweilig zu werden drohte. Da der Film um drei Uhr früh kam, war ich geradezu dankbar, daß es so etwas wie Mikrochips mit Gedächtnis gab.

Gedächtnis. Später überlegte ich, ob mir beim Programmieren ein Fehler unterlaufen war. Nein, bestimmt nicht. Auch heute glaube ich nicht, daß ich etwas falsch angepackt habe. Es ist alles ein Rätsel.

Ich ließ den Recorder fürs erste im Schlafzimmer. Mein Vater kam um Viertel vor sechs nach Hause. Er hieß Reverend Spencer Lindquist. Er war nicht mein richtiger Vater. Ich war sein Adoptivkind. Spence war Pfarrer in einer Methodistenkirche, ungefähr eine Meile von unserem Haus entfernt. Er war ein Heiliger unserer Zeit, und das sage ich nicht bloß, weil er sich um mich kümmerte. Er arbeitete mit Obdachlosen. Jeden Tag verbrachte er Stunden damit, Schlafplätze für sie zu finden. Außerdem hatte er ein erfolgreiches Programm in der Stadt angekurbelt, das ›Lebensmittelfürsorge‹ hieß. Dabei wurden Lebensmittelreste von Restaurants, Supermärkten und Hotels eingesammelt und an Bedürftige verteilt. Ein halbes Dutzend Kleinbusse war in allen Teilen der Stadt für seine Initiative unterwegs. Alles auf Trab zu halten und dann noch seine eigene Gemeinde zu versorgen, zehrte Spence aus. Er war fünfundvierzig, sah aber zehn Jahre älter aus; seine Haare waren schon grau, er hatte einen furchtbar schlurfenden Gang und Herzrhythmusstörungen. Doch er schöpfte seine Lebenskraft ganz aus der Zuneigung und dem Dank derer, denen er half.

Ich hätte mir keinen besseren Vater wünschen können.

»Hier duftet's nach Fisch«, sagte er, als er ins Haus kam. Ich gab ihm einen dicken Schmatz auf die Backe und erzählte ihm von meinem Einkauf. Ich sagte ihm, der Recorder hätte nur hundertachtzig gekostet. Das war natürlich gelogen, aber schließlich war es bloß eine kleine Notlüge, und die würde mir der liebe Gott schon durchgehen lassen.

2. KAPITEL

Lieber Chris,
ich liebe Dich, ich will Dich. Willst Du mich auch? Bitte? Du weißt nicht, wer ich bin? Ich bin die nette Dunkelblonde, die in Mathe zwei Reihen rechts hinter dir sitzt. Ich habe braune Augen, und sie leuchten, wenn ich Dich anschaue. Jetzt gerade schaue ich Dich an, während ich diesen Zettel schreibe. Wenn Du Dich doch nur zu mir umdrehen würdest! Ich bin wirklich ganz süß, und das soll sich jetzt nicht eingebildet anhören oder so. Ich bin ein bißchen kurz ge-

raten, aber mein Körper ist so, wie Du es Dir in deinen kühnsten Träumen vorstellst. Ich habe eine süße kleine Nase, und mein Lächeln ist wie ein Riegel weißer Schokolade. Magst Du Schokolade, Chris? Mir schmeckt sie in Keksen am besten. Ich glaube, ich liebe Dich, obwohl ich Dich gar nicht richtig kenne. Vielleicht ist es aber auch besser so.

Nein, je mehr ich darüber nachdenke, erkenne ich, daß es doch nicht so ist. Chris, ich spüre, daß ich Dich kennenlernen muß. Ich spüre, daß mein Leben verschwendet ist, wenn wir aneinander vorbeigehen, ohne ein Paar zu werden. Aber glaube jetzt nicht, es ginge mir nur um Deinen Körper. Ich habe auch Deinen Geist zum Fressen gern. Fressen? Igitt, nein, wie eklig. So habe ich es nicht gemeint. Ich habe in letzter Zeit zu viele Horrorfilme gesehen. Einen nehme ich für meine Party morgen auf. Willst Du kommen? Eigentlich mache ich sie ja nur, um Dich zu mir einzuladen.

Chris, Chris, Chris. Ständig denke ich Deinen Namen und sage mir, Du mußt hören, wie ich ihn denke, und mitkriegen, wie sehr ich Dich liebe. Aber wie sollst Du es wissen, wenn ich Angst davor habe, Dir zu sagen, wie super Du bist? Als ich Dich zum erstenmal sah, habe ich mein Herz heimlich in einer goldenen Schachtel versteckt, um es für Dich aufzuheben, für den Tag, an dem Du Dich zu mir umdrehst und mich anlächelst. Ich wünsche mir, daß Du mein Herz in Händen hältst. Es macht mich total sentimental, wenn ich an Dich denke. Ich werde noch ganz krank davon!

Aber ich kann einfach nicht aufhören, Deinen Namen zu denken, Chris. Christopher Perry. Chris und Rela. Bestimmt kennst Du noch nicht mal meinen Nachnamen. Ich kann ihn ja selber nicht behalten. Vielleicht habe ich den gleichen wie Du – irgendwann einmal zumindest. Rela Perry. Irgendwo habe ich ihn schon mal gehört, das schwöre ich Dir.

Jetzt erzähle ich Dir mal, wie ich Dich finde. Heute hast Du Jeans und ein weißes T-Shirt an. Ziehst Du eigentlich auch mal was anderes an? Ich will jetzt überhaupt nicht an Dir herumnörgeln. Ich nehme Dich so, wie Du bist, aber ich würde Dir einfach gern neue Klamotten kaufen. Dann kommen Deine supertollen dunklen Augen groß raus. Weißt Du, was ich sehe, wenn ich in Deine Augen gucke? Ich sehe den Nachthimmel. Sogar mittags erkenne ich in ihnen den Mond und die Sterne.

Neue Sachen würden auch richtig gut zu Deinen dunklen Haaren passen und zu Deinem tollen Profil. Ich sehe Dich nämlich meistens von der Seite an, weil wir noch nicht soweit sind, uns direkt in die Augen zu blicken. Was werde ich Dir wohl erzählen, wenn wir endlich einmal miteinander reden? Deine Seele ist für mich so endlos wie der Ozean. Ich habe das Gefühl, ich würde eher in ihr ertrinken, als mich zurechtzufinden. Na ja, eigentlich bin ich ja auch ganz gut in der Schule, aber mit Dir kann ich nicht mithalten. Das sehe ich auch in Deinen Augen. Du wirst einmal wirklich groß rauskommen. Die Welt wird sich noch an Dich erinnern, wenn der Rest von uns längst zu Staub zerfallen ist. Was soll ein Genie wie Du mit einem Mädchen wie mir anfangen, außer es vielleicht in seinen Armen halten, mit ihm kuscheln und es lieben, bis der Wind kommt, um den Staub davonzutragen . . .

»Rela«, sagte Mr. Tudor.

»Hier«, murmelte ich und ließ meinen Brief schnell unter einem Stück Papier verschwinden. Ich blickte zu Mr. Tudor hoch, der mit den Mathe-Tests in der Hand neben mir stand. Zwei Reihen links vor mir drehte Christopher Perry sich um, um zu sehen, was los war. Was für ein aufmerksames Gesicht – sein IQ war im Schlaf wahrscheinlich höher als der der meisten von uns im Wachzustand. Seinen Test hatte er schon vor sich liegen. Er lächelte mir kurz zu, und ich war für einen Moment wie hypnotisiert.

»Ich weiß, daß du hier bist«, erklärte Mr. Tudor freundlich. Er legte einen Testbogen auf meinen Tisch. »Fertig geworden mit Briefe schreiben?«

»Ja, Sir«, murmelte ich. Ich befürchtete, daß Mr. Tudor meinen Brief gesehen und vielleicht Christophers Namen erkannt hatte.

»Viel Glück mit deinem Test«, sagte er. »Obwohl du es eigentlich gar nicht nötig hast.«

»Danke, Sir.«

Weil ich eine sehr gute Schülerin war, hatte ich auch in Mathe eine Eins. Irgendwie lag es wohl in meinen Genen – ich war schon immer gut in Mathe gewesen. Der Test bestand aus sechs Aufgaben in Integralrechnung. Ich löste sie in dreißig Minuten, ungefähr die gleiche Zeit, die Christopher dafür brauchte. Ich war mir absolut sicher, jede Aufgabe richtig gelöst zu haben. Während ich darauf wartete, daß die Klasse fertig wurde, starrte ich zu ihm rüber. Nach und nach nahm ich meinen Mut zusammen, um ihn zu meiner Party einzuladen. Ruhig Blut, dachte ich ständig. Tu einfach so, als sei es kein Riesending, aber laß ihn spüren, daß du ihn gerne dabei hättest. Und vor allem, brich nicht in Tränen aus, wenn er sagt, daß er was anderes vorhat.

Mr. Tudor sammelte schließlich unsere Tests ein, und die Glocke läutete. Ich packte meine Bücher zusammen und folgte Christopher in die Halle. Er war gerade allein, aber ich wußte, daß ich mich beeilen mußte. Ich holte ihn ein, sah ihn aber nicht an. Ich hoffte, er würde mich anschauen und ein Gespräch beginnen. Ganz fremd waren wir uns nicht. Wir hatten vielleicht so um die zehnmal miteinander gesprochen, im Schnitt vielleicht fünf Minuten. Ich brauchte nicht lange zu warten, bis er mich ansprach.

»Das war ja wohl das reinste Honigschlecken, findest du nicht?«

Ich errötete. Wie süß und gefühlvoll von ihm, mir gegenüber von etwas so Süßem wie Honig zu sprechen.

So einen Vergleich würde ich nur bringen – das wußte ich –, wenn ich völlig verknallt in einen Typen wäre, vielleicht bis zum absoluten Wahn.

»Für dich vielleicht«, sagte ich.

Er ließ sich nicht täuschen. »Du warst doch vor mir fertig, Rela. Wie immer.«

Er spricht meinen Namen aus, dachte ich. Wie verheißungsvoll! »Ich hab' hart dafür lernen müssen«, log ich. In Wirklichkeit lernte ich nie. Ich brauchte noch nicht mal ins Buch zu schauen. Es reichte, wenn ich Mr. Tudor zuhörte.

»Was hast du im nächsten Kurs?« fragte er mich.

»Geschichte, bei Palos.«

»Magst du ihn?«

»Er ist ein netter Kerl, aber ich glaube, er bringt Geschichte so, wie es ihm gerade einfällt.«

Christopher zog eine Augenbraue hoch. »Wie kommst du darauf?«

Ich hatte keinen Schimmer, warum ich es gesagt hatte – es schien mir einfach so zu sein. Es ging mir oft so, daß mich meine eigenen Worte überraschten. Ich lächelte und zuckte mit den Schultern. »Vermutlich bin ich einfach nur enttäuscht, daß in seinem Kurs Atlantis und Lemuria nicht drankommen.«

Christopher runzelte die Stirn. »Von Atlantis habe ich gehört, aber was ist Lemuria?«

»Noch so ein mythischer Kontinent von früher. Soll da gewesen sein, wo jetzt der Pazifik ist.«

»Davon mußt du mir mal erzählen.« Er machte eine Pause. »Ich hab' gehört, du gibst Samstag abend eine Party.«

»Oh!« Da kam sie, meine Herzattacke. »Wer hat dir davon erzählt?«

»Stacy. Sie sagte, es sei in Ordnung, wenn ich käme, aber ich wollte es erst mit dir klären.«

Ich hustete. »Du kannst vorbeikommen. Du kannst jederzeit vorbeikommen, ich meine, an dem Abend. Es wäre toll.«

»Ich hab' schon überlegt, ob ich wohl noch jemanden mitbringen kann.«

O nein, mein armes Herz. Zersprungen vor Freude im ersten Moment. Nur noch zersprungen im nächsten. »Ja, ja«, sagte ich matt.

Er blickte mich an. »Wirklich?«

Ich schluckte und schluckte. »Wirklich.«

Er lächelte. »Ich war noch nie bei dir. Wo wohnst du denn?«

Sein *Jemand* hatte mich am Boden zerstört. Ich konnte nicht mehr denken. »Frag Stacy, sie gibt die besten Wegbeschreibungen«, murmelte ich.

Er zögerte. »Das mache ich, Rela. Dann sehen wir uns also bei dir. Ist acht Uhr okay?«

»Ist okay.«

»Warum hast du ihn eingeladen, wenn du wußtest, daß er noch jemanden mitbringt?« schrie ich Stacy an, als ich sie mittags traf. Wir waren auf dem Schulparkplatz. Für diesen Tag war mein Bedarf an Schule gedeckt – ich fuhr nach Hause. Das war bei mir nichts Besonderes. Wenn mir nach Abhauen zumute war, dann haute ich ab. Oft fuhr ich zum Strand runter und ging am Ufer entlang. Ich genoß den Wind in meinem Haar und die salzige Luft in meiner Nase. Das Meer brachte mich immer zur Ruhe. Heute war es natürlich nichts mehr mit einem Spaziergang an den Wellen. Um drei mußte ich in der Bücherei anfangen.

»Als ich ihm von der Party erzählte, hat er kein Wort von noch jemand erwähnt«, sagte Stacy.

»Du hattest überhaupt kein Recht, ihm von der Party zu erzählen. Das ging dich doch gar nichts an.«

»Ich dachte, ich tu' dir 'nen Gefallen. Du warst dermaßen in Panik, da dachte ich, du würdest ihn nie fragen.«

»Ich war nicht in Panik, ich wollte bloß den richtigen Moment abwarten.«

»Tut mir leid.«

»Schon gut«, seufzte ich. Richtig sauer auf Stacy war ich nicht. Ich war sauer auf mich, weil ich jemanden liebte, der mich ganz offensichtlich nicht liebte. Was für ein Frust! Warum machte ich mir soviel aus ihm, wenn ich ihn noch nicht mal richtig kannte? Aber das war ja genau der Punkt, genau das, was ich in meinem Brief an ihn geschrieben hatte. Ich kannte ihn. Ich wußte bloß nicht, wie ich ihn kannte. Irgendwie war es absolut kosmisch oder so; ich blickte einfach nicht mehr durch.

»Woher willst du wissen, ob sein Jemand überhaupt ein Mädchen ist?« fragte Stacy. »Hast du ihn gefragt?«

»Nee, hab' ich nicht. Wär' wohl auch nicht besonders feinfühlig von mir gewesen, oder? Aber er bringt bestimmt Debbie mit, das weiß ich.«

»Sie ist ganz nett«, bemerkte Stacy.

»Halt doch die Klappe.«

Stacy grinste. »Du gibst dich kampflos geschlagen. Wenn er sie wirklich mitbringt, kippen wir ihr was über den Schoß.

Wir fackeln sie ab. Wir lassen sie ganz aus Versehen in der Badewanne absaufen.«

»*Ihn* sollten wir absaufen lassen, weil er sie mitbringt«, sagte ich.

Bei dieser Vorstellung lachten wir beide, aber mir war gar nicht komisch zumute. In Wirklichkeit erfüllte mich schon die Vorstellung, Christopher könnte etwas zustoßen, mit unerklärlichem Schrecken. Aber erst jetzt verstehe ich, warum das so war. Es gab wirklich eine Menge Gründe, warum ich mir wegen ihm hätte Sorgen machen sollen.

Und ich war einer von ihnen.

3.
KAPITEL

Der Traum fiel mir erst am nächsten Tag wieder ein, als ich was zu essen für meine Party einkaufte. Ich hielt eine Orange in der rechten Hand und drückte sie, um zu sehen, ob sie reif war, als plötzlich ein merkwürdiges Bild vor meinem geistigen Auge auftauchte. Das Bild selbst war überzogen mit einer sanften, orangefarbenen Glut; vielleicht war es die Farbe der Frucht, die meine Erinnerung auslöste. Doch es gab noch andere Farben. Da war so ein grauer Lehnstuhl, der mich an einen Zahnarztstuhl erinnerte, weil lauter Schläuche und Röhren drumherum führten. Neben dem Stuhl stand ein flaches, blaues Gerät, irgendwie computermäßig. Der Stuhl war zum Teil mit weißen Tüchern bedeckt, vielleicht Papierlaken. Irgendwelche Gestalten sausten am Rand herum, waren aber schwer zu erkennen, weil das orangefarbene Licht schimmerte wie ein vom Sonnenuntergang durchdrungener Nebel. Die Menschen – ich nehme mal an, es waren welche –, erschienen mir wie unförmige Schatten. Es war, als würden sie irgendwas zum Stuhl hinübertragen, vielleicht einen Menschen. Aber als sie sich auf die Mitte des Bildes zu bewegten, begann die ganze Szene für mich zu verschwimmen.

Ich kniff die Augen zusammen und betrachtete dann die Orange in meiner Hand.

»Hey«, flüsterte ich. Wo waren diese Bilder bloß hergekommen?

Dann fiel mir ein, daß ich letzte Nacht alles andere als gut geschlafen hatte, daß ich mich hin und her gewälzt und immer wieder umgedreht hatte und zigmal aufs Klo gerannt war, obwohl ich gar nicht mußte. All diese Bilder gehörten zu einem Traum, den ich gehabt hatte; ein Traum, der immer weiterging, obwohl ich zwischendurch ständig wach wurde. Was mich überraschte, war, daß ich mich nicht gleich nach dem Aufwachen an ihn erinnert hatte. Vielleicht hatte ich ihn mir ja unbewußt vom Leib gehalten – eine Zeitlang. Eigentlich war es eher ein Alptraum gewesen, begriff ich jetzt. Ein Schauer lief durch meinen Körper. Diese Schattenfiguren – es war eine Leiche gewesen, die sie zum Stuhl hingeschleppt hatten. Ich legte die Orange nieder und bugsierte meinen Einkaufswagen aus der Lebensmittelabteilung. Nach alldem hier würde es keinen Fruchtsalat auf meiner Party geben, soviel war mir klar.

Ich hatte keine Zeit, mir den Kopf über Träume zu zerbrechen. Ich hatte selbst an die fünfzig Leute zu meiner Party eingeladen, und nur Gott allein wußte, wieviel Stacy noch angeheuert hatte. In meiner Tasche steckten eine Liste mit Sachen, die ich noch besorgen mußte, und das Scheckheft meines Vaters. Er hatte sich netterweise bereit erklärt, für das Essen aufzukommen. Eine tolle Sache, wenn ich daran dachte, daß ich meinen letzten Penny für den Recorder hingeblättert hatte. Ob der Recorder den Horrorfilm aufgenommen hatte, hatte ich noch nicht abgecheckt, aber ich nahm es einfach mal an.

Ganz oben auf meiner Einkaufsliste standen natürlich Kekse und Milch, aber ich schnappte mir auch eine Unmenge Aufschnitt und Brot. Mochte wohl sein, daß ich eine ganz gute Köchin war, aber ein warmes Essen für so einen Haufen Leute hatte ich noch nie gekocht und wollte nicht ausgerechnet jetzt damit anfangen. Sandwichs kamen immer gut, fand ich. Ich mußte in die Lebensmittelabteilung zurück, um

Tomaten, Salat und Gurken zu holen. Ich bemühte mich, dabei nicht zu den Orangen hinüberzuschauen.

Mit meinen Besorgungen ging ich nach Hause und fing an, dort alles auf Vordermann zu bringen. Mein Vater war in der Kirche und hatte versprochen, mir das Haus für den Abend zu überlassen. Er wollte bei einem Mitarbeiter übernachten. Ich hoffte, ein paar von den Mädchen aus der Schule würden zum Schlafen dableiben und aus dem Fest würde am Ende so was wie eine Nachthemdparty werden.

Stacy kam gegen vier, um mir bei den Vorbereitungen zu helfen. Sie brachte zwei Blumenvasen mit und ein bißchen Schmuck für Halloween, obwohl es bis Halloween noch ein paar Wochen hin war. Sie schmückte das Wohnzimmer mit langgewundenen, orangefarbenen und schwarzen Papiergirlanden, schnitzte sogar einen Kürbis auf und steckte eine Kerze hinein. Stacy meinte, ich hätte die Party besser eine Woche später schmeißen und ein Kostümfest daraus machen sollen. Aber ich hatte ganz bewußt nicht mit der Flut von Parties konkurrieren wollen, die am nächsten Wochenende losgehen würde.

Gegen halb sieben kamen die ersten. Ich sauste hoch, um mich umzuziehen. Im Grunde hatte ich nicht allzu viele Sachen zum Aussuchen. Ich entschied mich für eine schwarze Hose und eine orangefarbene Bluse – passend zur Jahreszeit. Als ich runterging, stellte ich fest, daß Stacy die Leute in Massen hereinließ. Ich entspannte mich. Befürchtet hatte ich nämlich, kein Mensch würde kommen. Ganz so sehr entspannte ich mich nun aber auch wieder nicht; ständig lauerte ich zur Tür, wenn wieder jemand ankam. Wo ist Christopher? fragte ich mich. Was würde Debbie tragen?

Für den Ablauf des Abends hatte ich mir ein Programm ausgedacht. Erst würde ich die Leute essen und trinken lassen, Musik hören und sich verteilen. Einige Gäste hatten Bier mitgebracht, aber weil ich ja in einem Pfarrerhaushalt lebte, hatte ich christlicherweise beschlossen, mich selbst mit ein paar Dosen zu begnügen. Später wollte ich ein paar Spiele organisieren, Silbenrätsel zum Beispiel und Trivial Pursuit. Außerdem hatte ich eine Musikkassette mit alten Fernsehmelodien gekauft. Bei diesem Spiel würde es darum gehen, Melodien zu hören und dann die Sendung zu erkennen, aus der der jeweilige Song stammte. Schließlich hatte ich vor, einen Film einzulegen, vielleicht den, den ich aufgenommen hatte, oder Stacys Kassette mit dem ersten *Lethal Weapon*, die sie mitgebracht hatte.

Es war fast neun, als Christopher mit Debbie im Schlepptau an der Haustür stand. Im kurzen Schwarzen, mit ihren superlangen blonden Haaren und knallrot geschminkten Lippen war Debbie der Knüller. Christopher trug wie gehabt Jeans und T-Shirt, blieb aber trotzdem Wunsch meiner Träume. Ich begrüßte die beiden mit einem herrlich gewinnenden Lächeln und sagte mir, daß sie offensichtlich glücklich miteinander waren. Dann sagte ich ihnen, daß in der Küche was zu essen stehe. Gleich darauf rannte ich rauf, um mich zu schneuzen und mir die Tränen aus den Augen zu wischen. Aber am Boden zerstört war ich nicht. Ich war vorgewarnt gewesen, und das Leben ging weiter. Und wenn sie auch tausendmal ganz nett sein mochte, wußte ich doch, daß Debbie nicht gerade die Hellste war. Immerhin, in einer Sache hatte ich ihr etwas voraus.

Als nächstes spielte ich die Kassette mit den alten Fernsehmelodien vor. Jeder nahm eine Karteikarte und einen Stift und schrieb den Namen der Fernsehshow auf, aus der der Song stammte. Wer am meisten Songs erkannte, war natürlich Sieger. Na ja, ich selbst hatte mir das Band kein einziges Mal angehört, bevor ich es einlegte, und ich hatte auch nicht auf die Karte geguckt, die in der Kassettenhülle lag und auf der die Namen der Shows standen. Als ich nun aber die Songs hörte, erkannte ich jeden einzelnen, und zwar sofort. Ich hatte nicht gewußt, daß ich als Kind so viel Fernsehen gesehen hatte. Da kamen *Bewitched* und *Star Trek* und *Die Lucy-Show* – es war für mich wie ein Trip in die Vergangenheit. Aber auf meiner eigenen Party und bei meinem eigenen Spiel durfte ich natürlich nicht gewinnen. Das würden die Leute merkwürdig finden. Deswegen legte ich meine Karte beiseite, als die anderen ihre Ergebnisse vorlasen.

Auf dem Band waren dreißig Songs. Stacy hatte fünfundzwanzig richtig, das war Rekord. Christopher hatte bloß zehn, selbst mit Debbies Hilfe (ich hatte nichts davon gesagt, daß das nicht erlaubt wäre). Er meinte, er hätte als Kind nicht allzuviel Fernsehen geguckt. Als Stacy ihre Huldigungen entgegennahm, war es ausgerechnet Christopher, der darauf bestand, daß ich meine Ergebnisse vorzeigte. Er schnappte sich sogar meine Karte und bekam große Augen, als er sah, was draufstand.

»Hey«, rief er den anderen zu. »Rela hat alle richtig.«

»Wirklich?« fragte Stacy.

»Na ja«, meinte ich.

»Du hast gemogelt«, sagte Stacy.

»Hab' ich nicht«, erklärte ich.

»Hast du dir das Band vorher mal reingezogen?« fragte Christopher.

»Nee«, sagte ich. »Ich hab's heute erst gekauft.« Ich starrte Stacy an. »Das Inhaltsverzeichnis hab' ich auch nicht angeguckt.«

»Wieso sagst du uns dann nicht, daß du alle richtig hast?« fragte Christopher. Er saß auf der Couch neben Debbie, die, wie man mir erzählt hatte, auch neu in der Gegend war. Er war mir so nahe, daß seine ausgestreckten Beine ständig an meine stießen. Debbie war gleich neben ihm, aber sie küßte ihn nicht und tat auch sonst nichts, worüber ich mich besonders geärgert hätte. Bei seiner Frage senkte ich den Kopf.

»Ich will hier nicht zum besten geben, daß ich meine Lehrjahre vor der Glotze verbracht habe«, erwiderte ich.

»Sie hat gemogelt«, wiederholte Stacy. »Mir gehört der Preis. Was gibt's denn überhaupt, Rela?«

Ich schaute zu ihr hinüber. »Du darfst die Kassette behalten«, sagte ich.

Weiter ging es mit Silbenrätseln. Ich war viel zu sehr damit beschäftigt, für Essen zu sorgen, als daß ich hätte mitspielen können. Ich hackte Möhren in der Küche, als Christopher hereinkam. In der Hand hielt er eine Dose Bier, wirkte aber total nüchtern. Ich lächelte ihn kurz an, aber fühlte mich nicht sonderlich wohl dabei.

»Suchst du das Klo?« fragte ich.

»Nein, nein.« Er stellte sein Bier auf die Ablage und machte es sich auf dem Hocker neben mir bequem. »Ich hab' nicht allzuviel getrunken. Wie geht's dir, Rela?«

Mein Lächeln war zur Maske erstarrt. »Oh, ich tanz' ein bißchen im warmen Regen und warte auf die kalte Dusche. Gefällt dir die Party?«

»Die Party ist riesig.«

»Magst du keine Silbenrätsel?«

Er zuckte mit den Schultern. »Schon, aber ich wollte lieber mal allein mit dir reden.«

»Was?«

»Es kommt mir so vor, als würde ich in der Schule nie mit dir reden. Wir laufen immer bloß in den Gängen rum.«

Ich zwang mir ein Lächeln ab. »Es ist schwer für ein Mädchen, in deine Nähe zu kommen, wenn Frauen wie Debbie um dich herumschwirren.«

Er war verblüfft. »Debbie ist meine Kusine.«

»Echt?« brach es aus mir heraus, während ich mein bajonettmäßiges Gemüsemesser in der Hand hielt. »Das wußte ich nicht. Toll . . ., ich meine, toll, eine so hübsche Kusine zu haben.«

Er schaute mich merkwürdig an. »Wie kommst du eigentlich dazu, 'ne Party zu schmeißen?«

»Ich wollte ein paar mehr Leute von der Schule kennenlernen. Ich bin erst im Sommer hergezogen.«

»Wo kommst du denn her?«

Ich zögerte. Ich haßte es, über meine Vergangenheit zu sprechen. »Von Osten.«

»Lebst du bei deinen Eltern?«

»Ja, mit meinem Vater. Eine Mutter habe ich nicht mehr. Ich bin . . ., ach, das ist eine lange Geschichte. Was ist mit Debbie? Wo kommt sie denn her?«

»Wisconsin. Sie ist erst seit dem Sommer hier.«

»Wie ich. Ganz schöner Zufall.«

Christopher grinste. »Du bist lustig, Rela.«

Ich kicherte. »Ja, ja, zum Schießen. Die Leute um mich herum lachen sich ständig tot. Hey, ich habe gehört, du bewirbst dich für diese technische Eliteschule.«

Er nickte. »Stimmt schon, aber ich hab' keine Ahnung, ob sie mich nehmen.«

»Dich? Die werden 'nen roten Teppich für dich auslegen. Du hast doch 'ne glatte Eins im Schnitt, oder nicht? Ich hab' gehört, sie haben dir schon ein Stipendium angeboten.«

»Das ist alles andere als sicher.«

»Was willst du denn studieren, wenn sie dich annehmen?«

»Ich hoffe, es klappt mit Physik und Computerwissenschaft.«

»Ganz schön hart.«

»Vielleicht 'ne Menge Arbeit, aber für mich gehören die beiden Fächer eigentlich zusammen. Wenn du drüber nachdenkst, wirst du feststellen, daß in der subatomaren Forschung heute schon das meiste mit Computern gemacht wird. Und das wird noch zunehmen. Alle zehn Jahre kommt eine total neue Generation von Computern raus. Hast du gewußt, daß die Wissenschaftler von IBM dabei sind, mit Kristallen zu experimentieren, um Daten zu speichern? Hab' ich gerade im *Scientifix American* gelesen. Mit einem Schlag werden wir fünftausendmal schneller an Daten rankommen.«

»Wahnsinn«, sagte ich.

»Im ganzen Computerbereich geht es total ab. Hast du eine Ahnung, wie Prozessoren mittlerweile im seriellen System arbeiten? Alles läuft über Binärcodes – ein Schalter ist entweder an oder aus. Tja, und jetzt sind sie dabei, eine neue, irre Logik zu entwickeln. Dann gibt es auf der Grundebene des Systems eine dritte Möglichkeit. Es geht nicht mehr bloß um *Ja* oder *Nein*. Es kann auch ein *Vielleicht* sein.«

Ich lächelte. »Vielleicht was?« Ich wollte ihn ermutigen weiterzureden; so lange wie jetzt hatte er noch nie mit mir gesprochen. Allerdings wünschte ich mir, daß er das Thema wechselte. Soviel ich in Mathe auch draufhatte, mit Computern hatte ich mich nie besonders anfreunden können.

»Vielleicht was auch immer«, sagte Christopher. »Ergebnis dieser dritten Möglichkeit könnte eine Maschine sein, die denkt. Das macht mich echt an.« Er schaute mich prüfend an. »Dich wohl nicht, stimmt's?«

»Ich würde eher sagen, es beunruhigt mich.«

»Was? Wieso? In welcher Beziehung?«

»Ich fürchte, wenn wir von Computern so abhängig werden, dann hören wir auf, eigenständig zu denken. Wir verlieren unser Menschsein.«

»Glaubst du wirklich?«

»Ja.«

Er kicherte. »Du hast zu viele *Terminator*-Filme gesehen. Ein Computer weiß überhaupt nichts, solange man ihn nicht programmiert hat. Selbst dann hat er kein Bewußtsein.«

»Man sagt, er ist intelligent geworden.«

»Bitte, was?«

»Meine Lieblingsstelle aus dem ersten *Terminator*-Film. Vielleicht habe ich bei dieser Stelle angefangen, mir Sorgen zu machen. Ich bin eine leicht zu beeindruckende junge Dame.«

Christopher nickte. »Kann schon sein, daß eine Maschine intelligent werden kann, aber wir werden immer wissen, wo der Knopf zum Ausschalten ist. Jedenfalls habe ich Verständnis für deine Meinung. Ich bin nicht so ein cooler junger Wissenschaftler, wie's vielleicht aussieht. Als Nebenfach will ich zusätzlich Psychologie belegen. Der menschliche Verstand fasziniert mich. Hast du gewußt, daß in meinem Schlafzimmer ein Biofeedback-Gerät steht? Damit bringe ich mich in einen tiefen Alpha-Zustand. Würde ich dir gerne mal zeigen.«

Wahrscheinlich war es die Einladung in sein Schlafzimmer, die mich ablenkte. Was auch immer es war, jedenfalls geriet statt der Karotten mein linker Ringfinger unter die Klinge. Bevor ich es richtig mitbekam, war der rostfreie Stahl mir fast bis auf den Knochen gedrungen. Ein dünner Strahl Blut spritzte über meine akkurat geschnittenen Karotten. Ich ließ das Messer fallen und steckte den verletzten Finger in den Mund. Dann spürte ich den Schmerz. Erstaunlich, wie sehr ein solcher Schnitt brennen kann. Der Eisengeschmack von Blut breitete sich in meinem Mund aus. Christopher war im Nu von seinem Sitz hoch und neben mir.

»Bist du okay?« fragte er.

»Auuuh«, stöhnte ich, den Finger noch immer im Mund.

Der Schnitt war nicht gerade klein. Das Blut drang aus meinem Mund heraus und tropfte auf meine orangefarbene Bluse. Immerhin werde ich in seinen Armen sterben, dachte ich.

»Ist der Finger ab?« fragte er besorgt. Ich hatte ihn geschockt, das war klar. Er war käseweiß.

»Keine Ahnung«, log ich leise. »Schau mal, ob an einem der Karottenstücke noch ein Ring steckt.«

Christopher schüttelte den Kopf. Mein Humor konnte ihn nicht begeistern. Er streckte seine Hände aus, um mir zu helfen, und ich bemerkte, daß sie zitterten. »Ich fahr' dich ins Krankenhaus«, sagte er.

»Nein.« Ich nahm den Finger aus dem Mund, und mein Blut tröpfelte auf das Schneidebrett. »Das hier ist meine Party, und ich kann rumbluten, wann und wie ich will.«

»Hör doch mal auf, Witze zu machen, Rela. Du blutest wirklich ziemlich stark.«

Er war erschrocken, und ich schämte mich, daß ich ihn noch mieser draufbrachte. Ich selbst blieb gelassen. Blut zu sehen, das war kein echtes Problem für mich. Ich schnappte mir ein kleines Geschirrtuch und wickelte es um die Wunde. Ein roter Kreis blühte in der Mitte des weißen Stoffs auf. Ich preßte fest auf den Einschnitt, was mir nicht gerade leichtfiel. Der Anblick von Blut mochte kein Problem für mich sein, der Schmerz war es sehr wohl.

»In ein paar Minuten geht's wieder«, sagte ich. »Die Blutung läßt nach.«

»Bist du sicher?« fragte er.

»Ja.«

»Ich möchte dich trotzdem ins Krankenhaus bringen«, sagte Christopher.

Seine Sorge berührte mich, obwohl mich seine heftige Reaktion auch ein wenig verblüffte. Immerhin hatte ich mir nur in den Finger geschnitten und nicht in die Kehle. Sein Atem ging noch immer schwer. Ich lächelte, um ihn zu beruhigen.

»Ich werde nicht dran sterben, Christopher«, murmelte ich.

Er setzte sich wieder auf den Hocker und ließ den Kopf hängen. »Die Menschen sind so schwach«, flüsterte er.

In diesem Moment liebte ich ihn mehr denn je. Es kam über mich wie eine warme Welle. Trotzdem – und das fand ich merkwürdig – machte mir sein Kommentar auch Sorgen. Warum, wußte ich nicht.

»Dieser eine Mensch hier ist nicht ganz so schwach«, sagte ich, während unsere Blicke sich trafen. Er schaute mir einen Moment in die Augen, bevor er den Kopf senkte, als sei es ihm peinlich, mich so anzusehen.

»Das sollte genäht werden«, sagte er.

»Ich werde einen Verband anlegen. Das reicht.«

»Wann war deine letzte Tetanus-Impfung?«

Ich lachte. »Ich kriege kein Tetanus. Keine Sorge!«

In diesem Moment steckte Ed vom berühmten Circuit City seinen Kopf durch die Küchentür. Er trug einen Schlips, und sein Hemd spannte sich über seine Muskeln. Er schien gerade von der Arbeit zu kommen. Als er das Blut sah, verzog er sein Gesicht.

»Aha, ein bißchen Zoff mit deinem Freund«, sagte er.

»Hallo, Ed«, sagte ich. »Nee, ich hab' mir bloß in den Finger geschnitten. Komm rein und iß was. Probier bloß nicht die Karotten. Christopher, das ist Ed. Er hat mir den Recorder verkauft.«

Ed kam rein und schüttelte Christopher die Hand. »Du bist also Relas Freund«, sagte er. »Du weißt ja gar nicht, wie glücklich du sein kannst, so eine treue Frau zu haben. Ich habe bei diesem Mädchen alle meine Supersprüche losgelassen, und trotzdem wollte sie nicht mit mir ausgehen. Kannst du dir vorstellen, daß jemand Eddie Farmer einen Korb gibt?«

Christopher nahm seine Hand zurück und steckte sie in die Tasche. Offenbar hatte Ed sich ein Vergnügen daraus gemacht, sie zu fest zu drücken. »Das ist das Problem mit den Supersprüchen«, sagte Christopher beiläufig, »manchmal sind sie einfach superlangweilig.«

Ed trat einen Schritt zurück. »Du hörst dich an wie Rela.«

»Weil er nicht mein Freund ist, sondern mit mir verwandt«, sagte ich. »Er ist mein Cousin.«

Christopher schaute mich amüsiert an. Ed war durcheinander. »Ist dein Freund hier?« fragte er.

»Ich hab' keinen«, antwortete ich wahrheitsgemäß. »War bloß ein Spruch von mir, damit du mir nicht auf die Pelle rückst. Aber ich hab' Stacy von dir erzählt, und sie ist mehr als frei.«

Ed strahlte. »Ist das die Süße, die mich reingelassen hat?«

»Wahrscheinlich. Schnapp dir was zu essen und sprich mal mit ihr. Wir zeigen gleich einen Film, den ich mit dem Recorder aufgenommen habe, den du mir verkauft hast.« Ohne es zu wollen, stöhnte ich. Das Handtuch, das ich mir um den Finger gewickelt hatte, wurde nicht blutiger, aber mein Finger begann zu pochen. »Das hier hält mich wach.«

»Nimm ein bißchen Aspirin«, schlug Christopher vor, noch immer besorgt. In dem Moment beschloß ich, daß er bei der Geburt unseres ersten Kindes nicht dabeisein würde. Er würde doch bloß aus den Latschen kippen.

»Geht nicht«, sagte ich. »Ich bin allergisch gegen das Zeug. Es stellt komische Sachen mit mir an.«

Ed knallte eine Dose Bier auf und griff sich ein Sandwich. »Bier macht das gleiche mit meinem Kopf«, erklärte er und rülpste laut.

Ich ging rauf, um mich um meinen Finger zu kümmern. Der Schnitt war tief – ich fürchtete, es würde eine Narbe geben –, und ich ließ mir Christophers Angebot noch mal durch den Kopf gehen, mich zu einer Unfallstation zu fahren. Ich wollte aber nicht gerade jetzt von meiner Party weg, wo sie so gut lief. Ich stöpselte den Recorder vom Fernseher ab und brachte ihn mit der Kassette drin runter.

Im Flur vor dem Wohnzimmer begegneten mir Stacy und Ed. »Kino-Zeit«, verkündete ich.

»Ed sagt, du hast dir den Finger abgeschnitten«, sagte Stacy.

»Ich wollte bloß Christophers Aufmerksamkeit erringen«, meinte ich.

»Ich dachte, er ist dein Cousin?« sagte Ed.

»Debbie ist Christophers Kusine«, klärte Stacy ihn auf.

»Du hast es gewußt!« rief ich.

»Hab' ich nicht«, erwiderte Stacy. »Debbie hat's mir gerade erzählt.«

»Ihr bringt mich ganz durcheinander«, protestierte Ed.

Ich trug den Recorder ins Wohnzimmer und verschaffte mir lautstark Gehör. Ich erklärte, welche Filme zur Auswahl standen, und die Mehrheit stimmte für *ES!*. Wegen meines Fingers ließ ich Christopher den Recorder ans Fernsehgerät anschließen, wofür er ungefähr zehn Sekunden brauchte. Er spulte das Band an den Anfang zurück, kam zu mir und setzte sich neben mich auf die Couch. Debbie war in der Küche oder vielleicht auf dem Klo – vergessen. Mein Finger pulsierte schmerzhaft im Takt meines Herzschlags, aber zum erstenmal seit einer ganzen Weile fühlte ich mich zufrieden.

Dieses Gefühl sollte nicht lange anhalten.

Auf dem Band befand sich nicht das, was darauf hätte sein sollen. Statt dessen flackerten Nachrichten über den Bildschirm. Wäre es der Schluß der Nachrichten gewesen, hätte mich die Sache nicht allzusehr überrascht. Schließlich ist es immer möglich, besonders spätabends, dachte ich, daß die vorhergegangenen Sendungen ein paar Minuten überzogen hatten. Aber diese Nachrichten hier fingen gerade erst an. Ich sprang auf, um den Recorder abzuschalten.

»Ich muß den verkehrten Tag eingegeben haben«, erklärte ich und langte nach der Stopptaste. Die Fernbedienung hatte ich nicht in der Hand.

»Warte doch«, sagte Christopher. »Vielleicht kommt der Film in ein paar Minuten.«

»Nein«, sagte ich. Ich drückte die Stopptaste. Der Bildschirm flimmerte. »Ich hab's vermasselt.«

»Sicher?« fragte Ed.

»Ganz sicher«, bestätigte ich.

»Warum lassen wir's nicht ein paar Minuten im schnellen Suchlauf laufen, um's rauszukriegen?« schlug Stacy vor, die neben Ed auf dem Boden saß.

»Ich sagte, ich bin sicher«, maulte ich, mit einemmal ungeduldig.

»Rela«, mahnte Stacy.

Ich atmete tief ein. »Wir schauen uns deinen Film an, Stacy, oder meinetwegen geh' ich los, uns ein paar Filme ausleihen. Okay? Okay? Okay? Können wir's jetzt nicht bitte einfach gut sein lassen?«

Die ganze Bande starrte mich merkwürdig an. Christopher stand auf. »Meinetwegen fahre ich dich in die Videothek, Rela«, sagte er.

»Bis ihr zurückkommt, ziehen wir uns die Nachrichten rein«, erklärte Ed.

»Viel zu langweilig«, sagte ich, beugte mich vor und drückte die Eject-Taste. Die Kassette glitt in meine Hand. »Wir sind in einer Viertelstunde zurück.«

Als Christopher und ich aus dem Haus gingen, hörte ich, wie Stacy sagte: »Ich glaub', Rela hat aus Versehen einen Porno aufgenommen und es jetzt gerade geschnallt.«

Die Videothek war bloß die Straße runter. Meine Nerven lagen blank, als ich für den kurzen Trip zu Christopher ins Auto stieg. Natürlich bekam er meine miese Stimmung mit.

»Das braucht dir doch nicht peinlich zu sein«, erklärte er. »Ich mache oft was verkehrt, wenn ich meinen Recorder einstelle. Du hast doch selbst gesagt, daß das Gerät neu ist.«

Ich dachte daran, wie locker er den Recorder angeschlossen hatte, obwohl die Verkabelung ganz schön kompliziert war. »Ich glaube nicht, daß du oft Fehler machst.«

»Tut dein Finger noch weh?« fragte er.

»Nee, ist wieder okay«, log ich. Meine Hände zitterten, und ich faltete sie in meinem Schoß. Was war bloß mit mir los? Ich überlegte. Ich war nicht besonders scharf darauf gewesen, *ES!* anzugucken. Am wichtigsten war mir, daß ich Christopher nahe sein konnte. »Schönes Auto«, bemerkte ich. »Was für eins ist das?«

»Ein Mazda 626.«

»Gehört er dir?«

»Ja. Ich hab' ihn diesen Sommer gekauft.«

»Gut, wenn man das Geld dafür hat«, sagte ich.

»Hab' ich momentan gar nicht. Aber ich krieg's schnell zusammen.«

»Was machst du?«

Er kicherte. »Ich repariere Videorecorder, PCs, Stereoanlagen, Fernseher – allen möglichen Elektrokram eben. Früher mußte ich Anzeigen aufgeben, um ins Geschäft zu kommen, aber jetzt läuft's ganz gut mit Mundpropaganda. Ein paar hauptberufliche Techniker in der Gegend bringen mir immer ihre Sachen, wenn sie überlastet sind.«

»Wow. Du hast dir deinen Nachwuchsgenie-Spitznamen echt verdient.«

»Kein Mensch nennt mich so.«

»Doch. Hinter deinem Rücken.«

»Echt?«

»Wenn ich dir's sage.«

Er lächelte. »Du hast auch einen Spitznamen.«

»Glaub' ich nicht. Kein Mensch in der Schule kennt mich. Wie soll er lauten?« fragte ich.

»Sag' ich nicht.«

»Du mußt. Ist er so blöd?«

»Nein, aber ich sag' ihn dir trotzdem nicht.«

»Du machst mich verrückt.«

»Ich dachte, du magst mich.«

Ich blinzelte. »Wie kommen Sie denn darauf, Mr. Christopher?«

Mein ernster Tonfall brachte ihn aus dem Konzept. »Ich wollte damit gar nichts sagen, ich meinte bloß, na ja, daß du mich nicht gerade abstoßend findest.«

»Das ist auch so. Es stimmt.«

»Was stimmt?«

»Alles stimmt.« Ich wollte ihm nicht direkt ins Gesicht sagen, daß er mir gefiel.

»Was macht dein Finger?« wechselte er das Thema.

»Du brauchst nicht immer danach zu fragen, Chris«, erklärte ich lächelnd.

Er wies auf den Videoladen vor uns. »Wir sind gleich da.«

»Ja.«

»Es hat mir Spaß gemacht, mit dir zu reden. Wir sollten das mal wiederholen«, erklärte er.

In dem Moment wußte ich, daß er an mir interessiert war. Es stieg mir sofort zu Kopf. »Ja. Aber du weißt ja, was man so sagt.«

»Was denn?« fragte er.

»Reden ist nur das eine . . .« Er sah mir in die Augen. »Was meinst du, sollen wir nicht mal miteinander ausgehen?

»Nee.« Ich war fürchterlich, einfach schrecklich – und ich ärgerte mich über mich selbst.

Er schien enttäuscht. »Oh.«

»Ich darf mich nicht verabreden. Mein Vater ist Priester; er sagt, Typen sind der direkte Weg in die Hölle.«

Er runzelte die Stirn. »Echt? Findest du das nicht ein bißchen übertrieben?«

Ich schüttelte den Kopf. »Er sagt, Typen sind nur an einem interessiert. Sex. Sex. Und noch mal Sex. Nur eine Sache, aber er sagt's immer dreimal, damit ich's nicht vergesse.«

Christopher war eingeschnappt. »Nicht alle Typen wollen nur Sex.«

Ich tat überrascht. »Echt nicht?«

»Nein.«

Ich machte auf enttäuscht. »Oh.«

Jetzt war der arme Kerl endgültig durcheinander. »Rela?«

»Ja?«

»Nimmst du mich etwa auf den Arm?«

Ich kicherte. Und sagte etwas, was mich selbst erstaunte: »Nein, aber *in* den Arm würde ich dich gerne nehmen!« Dann, knallrot wie eine Tomate, hielt ich mir die Hand vor den Mund. Christopher fing an, sanft zu lachen.

»Wo soll also unser erstes Rendezvous stattfinden?« fragte er.

Ich nahm die Hand weg. »Wo immer Sie wünschen, Mr. Christopher.«

4. KAPITEL

Das Bett war nicht groß genug für mich und all die Dinge, von denen ich träumte. Ich spürte noch, wie mich die Laken und Decken einzwängten, während ich schon irgendwo in einem anderen Zimmer kniete. Auch Christopher kam in meinem Traum vor; er saß vor einem Computerbildschirm. Von nahem beobachtete ich, wie er einen Knopf drückte und gleich darauf eine phantastisch komplexe Karte vom Inneren eines menschlichen Gehirns auftauchte. Gemeinsam reisten wir auf den Wegen der Neuronen, begegneten Synapsen, brennend wie winzige Blitze, in Höhlen, die das Tageslicht niemals erreicht hatte; Höhlen des Bewußtseins, das sich dennoch die Sonne einer Million von Lichtjahren entfernten Galaxis vorstellen konnte. Christopher sprach sanft und klar, aber ich konnte nicht alles verstehen, was er sagte. Das Gehirn auf dem Bildschirm pulsierte – genau wie mein eigenes Herz heftig schlug. Der Rhythmus der Schläge erfüllte den Raum. Christopher zeigte mir die Geheimnisse des Universums. Er hatte sie an dem überraschendsten Ort überhaupt gefunden. Im Inneren der menschlichen Natur – in der Tiefe der Seelen.

Aber irgendwann auf der Reise spürte ich, daß ich den Kontakt zu meiner Seele verloren hatte. Der Raum mit Christopher und dem Computer verblaßte nach und nach, und es tauchte ein spärlich eingerichtetes Schlafzimmer auf. Dort saß ich auf einer Stuhlkante vor einem kleinen Tisch, auf dem ein Fläschchen mit einer grünen Lösung stand und eine noch verpackte Spritze lag. Die grüne Flüssigkeit glitzerte, als ich sie gegen das Licht hielt und sie anstarrte. Irgendwie ahnte ich, daß diese Lösung etwas mit Erinnerung zu tun hatte, aber ich wußte nicht, ob sie sie speicherte oder auslöschte. Ich stach die Nadel in das Fläschchen und zog die Spritze auf. Dann ließ ich mir die Nadel in eine Armvene gleiten. Als die grüne Flüssigkeit in mein Blut strömte, spürte ich, wie sie mein Herz durchdrang, meine Seele, bis ich all das vergaß, was ich vom Menschsein wußte. Alles wurde grau, grau wie der Himmel im Winter, der nichts als bittere Kälte und Frost verspricht.

Dann folgte eine lange Phase, in der ich schwebte, in der ich von unpersönlichen Windströmungen oder vielleicht von noch gleichgültigeren Maschinenarmen durch die Luft getragen wurde. Genau konnte ich es nicht sagen, weil ich gar nicht mehr sagen konnte, wer oder was ich war. Schließlich sank ich nieder, und eine kalte Flüssigkeit stieg um mich herum an, über meine Beine und Hüften, über meine Brust und meine Arme, bis sie mein Gesicht erreichte. Noch immer stieg die

Flüssigkeit weiter. Sie bedeckte mein Gesicht, ergoß sich auf mich und nahm mir den Atem. Doch ich wehrte mich nicht, denn ich brauchte nicht zu atmen. Ich tauchte in die Kälte ein, ich wurde zu Kälte. Die Zeit hielt an, und alles war schwarz, schwarz und sinnlos wie der Tod ...

Splitternackt wachte ich in meiner Badewanne auf. Der Hahn war aufgedreht, und das Wasser lief kalt und hart. Es reichte mir schon bis zur Unterlippe. Noch ein paar Sekunden ohne Bewußtsein, und ich wäre ertrunken. Ich hustete und setzte mich schlagartig auf. Das Badezimmer war dunkel, und ich hatte eine Gänsehaut auf Armen und Beinen.

»Rela«, flüsterte ich mir zu. »Du hast dich total betrunken.«

Das stimmte aber gar nicht. Ich hatte bloß zwei Dosen Bier geleert. Zwei Dosen konnten mich doch nicht schlafwandelnd in die Badewanne schicken. Ich erinnerte mich ganz genau daran, im Schlafanzug ins Bett gekrochen zu sein.

An meinen Traum erinnerte ich mich nicht ganz genau, jedenfalls nicht sofort. Bloß an die grüne Flüssigkeit und an die lange, silberne Nadel, die ich mir in die Vene gestochen hatte. Mir lief es kalt den Rücken herunter, und ich stieg aus der Wanne. Ich bemerkte, daß im Schlafzimmer Licht brannte. Sonderbar, dachte ich.

Ein paar Minuten später war ich unten im Wohnzimmer, trockengerubbelt, und trug wieder meinen blauen Pünktchen-Schlafanzug. Ich war nach unten gegangen, um mir ein Glas heiße Milch zu machen, aber statt dessen ließ ich mich auf der Couch vor dem Fernseher nieder. Licht hatte ich noch nicht eingeschaltet, aber die Kassette, die auf dem Recorder lag, konnte ich deutlich erkennen. Die Kassette, auf der *ES!* drauf sein sollte, der Horrorfilm meiner Kindheit, die Quelle so vieler meiner Alpträume. Jetzt fiel mir mehr von meinem Traum ein. Ich erinnerte mich an Christopher, wie er tief in das menschliche Gehirn hineinblickte – dabei mich mit auf seine Reise nahm. Damit auch ich die Geheimnisse des Universums kennenlernen konnte.

»Seltsam«, murmelte ich. Von wo gelangten solche Ideen in mein Unterbewußtsein?

Ich bemühte mich, den Traum zu verdrängen, aber ich stand nicht auf, um in die Küche zu gehen. Ich blieb sitzen und starrte auf die Kassette. Beim besten Willen kapierte ich nicht, was ich beim Programmieren des Geräts verkehrt gemacht haben sollte. Die Anleitung war so einfach, und ein Idiot war ich nun auch nicht. Das einzige, was ich mir vorstellen konnte, war, daß ich den verkehrten Tag eingegeben hatte. Vielleicht war vierundzwanzig Stunden früher eine Nachrichtensendung gelaufen, und ich hatte statt des Films diese aufgenommen. Das zu überprüfen war einfach. Ich mußte bloß in die Programmzeitschrift gucken. Dazu hatte ich aber keine Lust. Ich starrte weiter im Dunkeln auf die Kassette und überlegte, warum sie mir so unheimlich war.

»Sind doch bloß Nachrichten«, sagte ich laut. »Nachrichten sind nicht unheimlich. Sie passieren immer weit weg und jemand anderem.«

Aber ich spürte, daß dieses Mal mir etwas passierte. Mir war noch immer kalt von dem ungeplanten Bad, und ich war absolut wach. Es war bestimmt drei oder vier Uhr früh, und ich fühlte mich kein bißchen schläfrig. Vielleicht hatte mich meine Angst wach gehalten, aber ich merkte, daß da noch etwas anderes war. Ich war aufgeregt, stellte ich fest. Aufgeregt wegen der Kassette.

Aber warum?

Langsam erhob ich mich von der Couch und nahm die Kassette vom Recorder. Dort hatte ich sie hingelegt, als mein letzter Partygast – Stacy – gegangen war. Davor hatte ich ganz ruhig im Wohnzimmer gesessen und mit meinen Freunden *Sie kommen!* angesehen, einen alten Science-fiction mit riesigen, ameisenartigen Wesen. Christopher war als vorletzter gegangen und hatte versprochen, morgen anzurufen. Das Leben war schön. Warum war ich dann bloß wegen einer Kassette mit Nachrichten drauf so aufgeregt?

»Warum spielst du nicht die Kassette ab und hörst auf, mit dir selbst zu reden?« sagte ich laut.

Ich schob das Band in den Recorder; das Gerät riß es mir

förmlich aus der Hand. Ich stellte den Fernseher an und setzte mich auf die Couch zurück. Kurz bevor der Sprecher, ein Mann in mittleren Jahren, auf dem Bildschirm erschien, fiel mir noch mehr von meinem Traum ein: die holographische Karte des menschlichen Gehirns. Ich dachte darüber nach, wessen Gehirn Christopher wohl gezeichnet hatte.

»Guten Morgen, meine Damen und Herren«, begann der Sprecher. »Unser Tagesthema heute: die Friedensgespräche im Nahen Osten zwischen Arabern und Israelis . . .«

Die Nachrichten plätscherten dahin. Es gab nichts Besonderes: Kämpfe im Irak; Raumfähre nicht in der Lage, einen neuen Satelliten aus ihrem Frachtraum auszuklinken; mehr Arbeitslose. Ich entspannte mich und kam mir albern vor. Gerade hatte ich eine supertolle Party geschmissen, mein Traumtyp fuhr auf mich ab, und jetzt, mitten in der Nacht, saß ich auf meiner Couch und schaute mir die Nachrichten vom Vortag an. Schlafen sollte ich lieber und davon träumen, was in meinem Liebesleben als nächstes geschehen würde.

Aber wie alt waren diese Nachrichten?

Der Sprecher war jetzt beim Sport angekommen. Es war Footballsaison.

»Die Raiders mit guter Vorstellung«, trug der Mann vor. »Einundzwanzig zu siebzehn gegen die Steelers. Im Miami gab es für die Dolphins einen herben Rückschlag mit einer Null-zu-drei-Schlappe gegen Schlußlicht Patriots. Riesenüberraschung in Minnesota, wo die Vikings ihren Gegner, die Redskins, mit sechsundvierzig zu sieben förmlich überrannten . . .«

Wie gesagt, es war Footballsaison. Ganz klar, daß der Kerl über die Spiele vom Tag redete. Trotzdem stieg in mir plötzlich ein unbehagliches Gefühl auf. Es dauerte ungefähr eine Minute, bis ich herausfand, warum. Es war Sonntag früh. Ich wußte, daß Football sowohl samstags als auch sonntags gespielt wurde. Die College-Spiele fanden aber gewöhnlich samstags statt, die Profis spielten am Sonntag.

Doch dieser Sprecher hier gab die Ergebnisse der Profispiele bekannt.

Als ob es *Montag* früh wäre.

Ich kicherte. »Na und?« sagte ich laut zu mir selbst. Ich führte gerne Selbstgespräche. »Die Ergebnisse sind eben vom letzten Sonntag.«

Na klar, dachte ich eine Zehntelsekunde später. Dem Sprecher fiel nichts Besseres ein, als die Footballergebnisse von letzter Woche bekanntzugeben und dabei so über die Spiele zu sprechen, als hätten sie erst ein paar Stunden zuvor stattgefunden.

Höchste Zeit, die Programmzeitschrift zu checken. Ich brauchte das Licht nicht mehr anzuschalten, um sie durchzublättern. Das Leuchten des Bildschirms reichte aus. Augenblicklich fand ich die Seite für Samstag. *ES!* stand unter Samstag, dreißigster Oktober, drei Uhr früh. Ich verfolgte die Sendezeiten Tag für Tag zurück, stieß aber erst am zehnten Oktober auf eine Nachrichtensendung zu dieser Zeit. Allerdings gab es zwei Tage, nachdem *ES!* laufen sollte, eine Nachrichtensendung um drei Uhr früh, und zwar am siebzehnten Oktober. Um diese Uhrzeit gab es sogar *jeden* Montag Nachrichten. Ich legte das Programmheft beiseite und suchte die Zeitung, die wir Samstag morgen erhalten hatten. Das Datum auf ihr war der fünfzehnte Oktober. Das schien mir Sinn zu machen. Das war das Datum, das ich eingegeben hatte, als ich mit dem Gerät *ES!* aufnehmen wollte. Daß ich das richtige Datum eingegeben hatte, wußte ich deshalb so genau, weil ich das Fernsehprogramm dabei auf dem Schoß gehabt hatte. Mittlerweile war es schon Sonntag, und wir hatten den sechzehnten Oktober.

Mir fiel jedoch ein, daß ich das Echtzeitdatum nicht eingegeben hatte, als ich das Fernsehprogramm bei mir hatte. Das hatte ich schon vorher getan, direkt nachdem ich das Gerät aus dem Karton genommen und angeschlossen hatte. Dann war ich, während ich Abendessen für meinen Vater kochte, zwischen Schlafzimmer und Küche hin und her gerannt und hatte mit dem Programmieren weitergemacht. Hatte ich mich vielleicht beim Echtzeitdatum um ein paar Tage vertan?

Kein Problem, das rauszufinden. Ich warf einen Blick auf das Datum, das in blauen Digitalzeichen rechts auf der oberen Seite des Videorecorders aufleuchtete.

Dort wurde der achtzehnte Oktober angezeigt.

»Da hast du's«, sagte ich laut. »Das war mein Fehler. Ich lag zwei Tage daneben, als ich das Echtzeitdatum eingegeben habe. Alles gar kein Problem! Jetzt kann ich schön ins Bett und davon träumen, wie Christopher mich nach Paris mitnimmt, in seinem Flugzeug, das er in seiner Freizeit gebastelt hat.«

Aber Moment mal, kleines Mädchen. Warte mal eine Minute. Oder ein paar Tage. Schon möglich, daß mir ein Fehler unterlaufen ist, erkannte ich. Aber dann hatte es auch einen Fehler im logischen Ablauf des Universums gegeben. Schließlich hätte ich doch niemals in der Lage sein dürfen, die Nachrichten von in zwei Tagen aufzunehmen!

Was war also passiert?

Ich hatte das Gerät auf Aufnahme eingestellt, und zwar für genau zwei Tage nach der Sendezeit von *ES!*. Zufällig liefen in dieser Zeit Nachrichten. Zufällig hatte ich die Nachrichten aufgenommen.

Zwei Tage, bevor sie in Wirklichkeit über den Bildschirm flackern sollten.

»Unmöglich«, flüsterte ich.

Das haute mich um, das haute mich total um.

Ich hatte die Montagmorgen-Nachrichten aufgenommen.

Ich hatte die Zukunft aufgenommen.

5. KAPITEL

Am späten Sonntag nachmittag saß ich mit meinem Vater vor dem Fernseher und schaute das Spiel Raiders gegen Steelers an. Ich wartete auf Christopher, der mich zum Abendessen eingeladen hatte, und ich wollte mal sehen, ob ich mit meinem Videorecorder vielleicht nicht doch ein besseres Geschäft gemacht hatte, als ich ursprünglich gedacht hatte.

Gegen Mittag hatte Christopher mir am Telefon gesagt,

wohin wir gehen würden. Es war ein Restaurant am Strand. Das hörte sich romantisch an. Er wollte mich um fünf abholen, aber nachdem er angerufen hatte, schienen alle Uhren im Haus kaputt zu sein, denn es dauerte ewig, bis es Abend wurde.

Ich hatte nicht vorgehabt, das Spiel Raiders gegen Steelers zu gucken, aber mein Vater hatte es gemacht, und ich mußte die Zeit totschlagen, also schaute ich es mir ab dem Beginn des vierten Viertels an. Es stand gerade vierzehn zu null für die Steelers. Mir fiel ein, daß die Raiders einundzwanzig zu siebzehn gewinnen würden. Mein Vertrauen in die Vorhersagefähigkeit meines Recorders war nach wie vor groß. Allein die Tatsache, daß die Raiders und die Steelers überhaupt aufeinandertrafen, war ein eindrucksvoller Beweis dafür, daß ich ein Zukunftsereignis aufgenommen hatte.

»Die Raiders werden im Schlußviertel drei Touchdowns hinlegen und das Spiel mit einundzwanzig zu siebzehn gewinnen«, sagte ich zu meinem Vater. Er hatte sich darüber gefreut, daß die Party gut gelaufen war, und ich fühlte mich schuldig, weil ich ihn gebeten hatte, nicht nach Hause zu kommen, aber kein Mensch über Nacht geblieben war. Mein Vater sah total müde aus, und ich hoffte, sein Herz würde keinen Ärger machen. Er schüttelte den Kopf, als ich das Ergebnis prophezeite.

»So wie sie im Moment spielen, müssen sie froh sein, überhaupt mal in die Endzone zu kommen«, sagte er.

»Sollen wir wetten?« fragte ich.

Mein Vater fing Feuer. Obwohl er Methodistenpfarrer war, fand er Las Vegas toll, Spiele aller Art, vor allem Siebzehnundvier. Wenn es um die Gesetze des Herrn ging, war er ganz schön liberal. Einmal hatte er mir sogar gesagt, Gott habe gewürfelt, als er die Welt erschuf.

»Wieviel?« fragte er.

»Hundert Dollar.«

»Du hast doch gesagt, du hast dein ganzes Geld für den Videorecorder ausgegeben. Wie willst du denn bezahlen, wenn du verlierst?«

»Ich verliere nicht.«

»Ich will einen Schuldschein.«

Ich lächelte. »In Ordnung. Aber wenn ich gewinne, will ich Bargeld.«

»Was für Quoten willst du?«

»Wie meinst du das?«

»Du nennst mir ein genaues Ergebnis, Rela. Du mußt mehr kriegen als nur den doppelten Einsatz, wenn du recht behältst.«

»Fünf zu eins.«

»Zehn zu eins ist besser für dich. Wenn ich verliere, muß ich dir tausend Dollar bezahlen.«

»Fünf zu eins. Ich will dir nicht dein ganzes Geld wegnehmen.«

Ich zitterte vor Aufregung. »Mal überlegen, was kann ich mir für fünfhundert Dollar kaufen?«

»Man soll den Tag nicht vor dem Abend loben«, warnte mein Vater. Er wies zum Fernseher. »Die Steelers sind wieder tief in der Hälfte der Raiders. Gleich punkten sie bestimmt.«

»Höchstens ein Fieldgoal. Das wird das letztemal sein, daß sie überhaupt punkten.«

Zwei Minuten später punkteten die Steelers – ein Fieldgoal. Die Raiders kamen an den Ball. Es waren noch zwölf Minuten zu spielen. Sie brachten einen neuen Quarterback rein, so einen jungen Burschen direkt vom College. Talentiert, aber noch grün hinter den Ohren, sagte der Kommentator. Davon wußte der Quarterback nichts. Er brachte die Raiders in vier Minuten zu einem Touchdown, nachdem er einen haarscharf angeschnittenen Paß zu einem Receiver in der Ecke der Endzone plazierte. Spielstand: Steelers siebzehn, Raiders sieben.

»Wenn du gewinnen willst, müssen sie das noch zweimal bringen«, erklärte mein Vater. »Dafür haben sie nicht die Zeit.«

»Ein neues Kleid werde ich mir holen. Nein, lieber zwei neue Kleider.«

»Wann soll dein junger Mann denn hier sein?« fragte er.

»In sechzehn Minuten und zweiunddreißig Sekunden.«

Mein Vater schmunzelte. »Du magst diesen Kerl wirklich.«

»Du wirst begeistert sein. Er ist der tollste Typ in der Schule. Und er ist einfach süß. Ein Klassemann.«

Mein Vater lachte. »Klingt nach wahrer Liebe.« Als er wieder auf den Fernseher schaute, machte er ein langes Gesicht. »Die Steelers haben den Ball am Kick-off nicht unter Kontrolle bringen können. Die Raiders schnappten ihn sich auf der gegnerischen Zehn-Meter-Linie.«

Vor lauter Vorfreude rieb ich mir die Hände. »Der nächste Touchdown steht an. Ich glaube, für den Winter brauche ich 'nen neuen Mantel.«

»Hast du keinen Mantel?« fragte mein Vater ernsthaft.

Ich starrte zum Fernseher. »Ich glaub' nicht.«

»Ich kaufe dir einen.«

Ich lächelte matt. »Bald werde ich mir selbst einen besorgen.«

»Rela?«

»Ja.«

»Wie geht es dir?«

»Gut.«

»Alles klar in der Schule?«

»Und wie. Ich krieg' lauter Einsen.«

»Du weißt, ich bin sehr stolz auf dich.«

»Ich weiß. Und ich bin stolz auf dich. Deine ganze Arbeit für die Obdachlosen. Ich wünschte, ich hätte Zeit, dir zu helfen.«

»Warum kommst du nicht mal runter zur Mission?«

»Schwierig«, sagte ich. »Mit der Schule und meinem Job in der Bücherei.«

Aus dem Augenwinkel heraus bekam ich mit, wie mein Vater mich beobachtete. »Gibt es etwas, worüber du reden willst, Rela?« fragte er.

»Nein.«

»Wenn du mal reden möchtest, bin ich immer für dich da.«

»Ich weiß.«

Ein paar Minuten nach der Situation am Kick-off schafften die Raiders ihren nächsten Touchdown. Die Steelers bekamen den Ball zurück, wußten aber nichts damit anzufangen. Ihr Kick-off landete bei den Raiders, und es blieben noch fünf Minuten. Es stand siebzehn zu vierzehn für die Steelers. Erneut marschierten die Raiders über das Spielfeld, ließen sich jetzt Zeit, nutzten die verbleibenden Minuten, damit ihr nächstes Tor das letzte sein würde. Meinem Vater wurde es unbehaglich.

»Ich kann nicht glauben, was hier geschieht«, sagte er.

»Ich sollte mir eine bessere Anlage leisten«, sagte ich. »Neue CDs.«

Christopher kam, als die Raiders auf der Goalline der Steelers standen und das Spiel gerade noch zwölf Sekunden hatte. Ich rannte zur Tür, öffnete sie, zog ihn am Arm und bugsierte ihn ins Wohnzimmer, wo ich den Höhepunkt des Spiels sehen wollte. Daß mein Vater Christopher kaum anschaute, war verzeihlich.

»Nicht zu fassen«, murmelte mein Vater.

»Die ganzen fünfhundert weg«, pflichtete ich ihm bei.

»Wer spielt?« fragte Christopher.

»Psssst«, zischten wir beide.

Der Ball wanderte hin und her. Der junge Grünschnabel von Quarterback, der mehr und mehr Superstar Joe Montana glich, täuschte einen Paß auf seinen Runningback an und lief dann nach rechts. Wieder sah er einen Mann am Rand der Endzone freistehen. Zack! Ein hoch angesetzter Paß, aber der Receiver wußte, wie man zu springen hat. Touchdown. Zeit abgelaufen. Spiel zu Ende.

Einundzwanzig zu siebzehn. Haargenau.

»Juchhuuuu!« schrie ich und sprang von meinem Stuhl hoch. »Fünfhundert Dollar!«

Mein Vater vergrub den Kopf in seinen Händen. »Ich lebe mit einer Wahrsagerin in einem Haus.«

»Cash«, sagte ich zu meinem Vater und schlug ihm auf die Schulter. »Ich will Cash.«

»Habt ihr zwei bei dem Spiel gewettet oder was?« fragte Christopher.

»Das war keine Wette«, sagte ich. »Das war eine todsichere Angelegenheit.«

Mein Vater starrte mich mit einem seltsamen Gesichtsausdruck an. Um das Geld ging es ihm nicht, das wußte ich. Ich würde es noch nicht mal von ihm annehmen, wenn er es mir wirklich anbieten würde. Es war alles nur ein Spaß. Jedenfalls dachte ich das. Aber im Gesicht meines Vaters stand die Angst.

»Wieso kanntest du das Ergebnis?« fragte er.

Ich hörte auf, hin und her zu hüpfen, und zuckte mit den Schultern. »Ich hab's bloß geraten.«

Er blickte mich noch immer an. »Verdammt gut geraten«, murmelte er.

Christopher fuhr mit mir in das Strandrestaurant; es galt als ausgezeichnet und lag auf einem Hügel gleich über den tosenden Wellen. Christopher hatte reservieren lassen, und wir wurden zu einem Tisch am Fenster geführt. Eine Kerze flackerte zwischen uns. Die Sonne war gerade am Horizont untergegangen. Ich machte Christopher eine Freude, als ich ihm sagte, er könne für mich bestellen.

»Mir ist egal, was ich esse. Hauptsache, es kostet richtig Kohle«, sagte ich.

»Dann solltest du Hummer essen«, sagte er mit einem Lächeln. Zum erstenmal fiel mir auf, wie seltsam sein Lächeln war. Obwohl er jung war, erschien sein Lächeln irgendwie uralt und traurig. Ich sagte ihm, was ich dachte.

»Das Gewicht der Welt lastet auf meinen Schultern«, witzelte er.

»Meinst du das ernst?«

Er zuckte mit den Schultern. »Nein.«

Ich nickte ihm zu. »Du hast das Gefühl, daß du für höhere Dinge geboren bist.«

»Ich hab' einfach Hunger, Rela.«

»Ich hab' von dir geträumt«, sagte ich plötzlich.

Das interessierte ihn – ich merkte es an seiner Mimik: Er zog auch jetzt wieder die linke Augenbraue hoch, so wie Mr. Spock in ›Raumschiff Enterprise‹.

»Aha? Erzähl mir davon.«

»Wir saßen in so etwas wie deinem Arbeitszimmer. Du

warst irgendwie älter. Neben dir stand ein Computer, und du hast mir die innere Karte eines Gehirns gezeigt ...« Meine Stimme stockte.

»Weiter«, sagte er.

Ich drehte meinen Kopf nach rechts, zum Meer hin. Das Fenster neben uns war offen, und ich spürte eine sanfte Brise auf meinen bloßen Armen. Keine Ahnung, warum ich auf einmal in das immer dunkler werdende Blau hinausstarrte. Ein kalter Windhauch streifte mich, und ich begann zu zittern. Ich schluckte heftig.

»Mehr weiß ich nicht mehr«, log ich.

»Rela?«

Ich zwang mir ein Lächeln ab. »Ja?«

»Bist du okay?«

»Ja. Ach ja, ich wollte dir noch von dem Recorder erzählen, den ich mir gekauft habe. Es ist irre, er ...« Wieder stockte meine Stimme. Christopher wartete, daß ich weitersprach. Ich zwang mir ein Lächeln ab. Schließlich wollte ich ihm erzählen, was passiert war, ich brannte darauf, aber urplötzlich wollte ich es nicht mehr. Irgendwie spürte ich, daß es ein Fehler sein würde. Ein gefährlicher Fehler.

Ja, ich hatte Angst. Aber es war mir nicht klar, wer oder was diese Angst verursachte.

»Er macht wahnsinnige Aufnahmen«, brachte ich endlich hervor.

Er entspannte sichtbar. »Ist *ES!* doch auf dem Band?«

»Nein.«

»Nur die Nachrichten drauf?«

»Ja. Mehr nicht.« Meine Stimme klang irgendwie falsch dabei.

Die Kellnerin kam, Christopher bestellte, und wir sprachen über andere Dinge: Schule, College, Musik. Ich war baff, als ich erfuhr, daß er Klavier spielen konnte. Ich selbst beherrschte das Instrument einigermaßen. Mein Vater bat mich vor dem Schlafengehen ab und zu, für ihn Bach zu spielen. Er sagte, es beruhige seine Nerven. Christopher war beeindruckt, daß ich Noten lesen konnte.

»Wo hast du's gelernt?« fragte er.

»Mein Großvater hat's mir beigebracht«, sagte ich. »Mein richtiger.«

»Im Gegensatz zu deinem falschen.«

Ich zögerte. »Ich bin ein Adoptivkind.«

Dieses Bekenntnis schockte ihn, so wie es auch Stacy geschockt hatte. »Du kennst also deine Eltern«, sagte er.

»Nein.«

»Aber deinen Großvater kennst du?« fragte er.

»Weißt du, das ist eine lange Geschichte.«

»Du mußt nicht darüber reden, wenn du nicht willst.«

»Es ist Vergangenheit, und es ist mir jetzt zu langweilig.« Die Kellnerin brachte unser Essen. »Ich würde lieber essen.«

Wir aßen also zu Abend, und ich entdeckte ein paar Kleinigkeiten an Christopher, die mich in dem Glauben bestärkten, daß ich glücklich mit ihm werden könnte. Er hatte gute Manieren, kaute nicht mit offenem Mund und sprach nicht, wenn er kaute. Außerdem war er nicht selbstverliebt. Er hatte Vertrauen in seine Fähigkeiten, ziemlich starkes Vertrauen für jemand, der noch zur Schule ging, aber er betrachtete seine Intelligenz in aller Ruhe eher wie ein Geschenk und nicht als etwas, was ihn von anderen Schülern abhob. Und, was am wichtigsten war: Er schien sich wirklich für mich zu interessieren!

Weil Sonntagabend war und wir alle beide am nächsten Tag zur Schule und zur Arbeit mußten, fuhr mich Christopher vom Restaurant direkt nach Hause. Sein vernünftiges Verhalten enttäuschte mich irgendwie. Als wir die Auffahrt hochfuhren, lud ich ihn ein, noch mit reinzukommen. Er lehnte ab.

»Ich muß noch ein paar Recorder zusammenbasteln, bevor ich ins Bett gehe«, erklärte er.

»Ich glaube, ich programmiere meinen auch noch, in der Nacht etwas aufzunehmen«, sagte ich. In der *morgigen* Nacht, dachte ich.

Er streckte die Hand aus und berührte meine linke Schulter. Den ganzen Abend hatte er mich nicht angefaßt, noch nicht einmal meine Hand. »Der Abend hat mir gefallen«, sagte er.

Ich lächelte. »Zauberhaft.«

Er lachte. »Ich weiß nie, wann du Spaß machst.«

Ich berührte seine Hand. »Nicht immer, ehrlich. Ich fand es auch schön.«

»Wir sollten uns wieder treffen.«

»Ich arbeite montags, mittwochs und freitags, aber sonst habe ich Zeit.«

»Vielleicht können wir ja nächstes Wochenende was zusammen machen«, schlug er vor.

»Gut.« Nächstes Wochenende hörte sich an wie tausend Lichtjahre entfernt. Ich hatte keine Ahnung, daß ich mich schon Mittwoch tausend Jahre älter fühlen würde.

»Diesen Dienstag abend wäre auch toll.«

Er drückte meine Schulter, und sein Lächeln wurde breiter. »Ich versuche, Dienstag freizunehmen. Was möchtest du denn gerne machen?«

»Einen Film angucken – oder zwei.«

»Und wie magst du dein Popcorn?«

»Trocken, schlicht und einfach – ohne Butter.« Ich schwieg einen Moment. »Wie magst du deine Mädchen?«

»Genauso.«

Ich lächelte spöttisch. »Schlicht und einfach wie ich, was?«

Plötzlich küßte er mich ganz kurz. Es war kaum mehr als ein Küßchen, aber es machte mir mein ganzes Leben lebenswert.

»Ich mag ein bißchen Salz«, sagte er, als er sich wieder zurücklehnte. Er sah so süß aus wie ein Weihnachtsgeschenk, so daß ich Lust hatte, die Verpackung aufzureißen, um zu sehen, was drin war. Aber damit mußte ich mir noch Zeit lassen.

»Gute Nacht, Mr. Christopher«, sagte ich und öffnete die Wagentür.

»Gute Nacht, Nachwuchsgenie.« Er bemerkte meine Verwirrung. »*Das* ist dein Spitzname in der Schule.« Er zuckte mit den Schultern. »Wir haben beide den gleichen. Keine Ahnung, ob das was zu bedeuten hat.«

Ich beugte mich zu ihm hinüber und küßte ihn auf die Wange. »Hat es. Ganz bestimmt.«

6. KAPITEL

Noch ein Alptraum. Noch ein Horrortrip. Aber ich sah mehr, als ich spürte. Hätte ich alles gespürt, wäre mein Verstand in zwei Teile zersprungen. Doch ich litt genug. Bei Gott, wirklich.

Sie holten mich aus dem eiskalten Bad. *Sie* – das waren gesichtslose Schatten mit starken Armen. Sie trugen mich in den orangefarbenen Raum, der mit kaltem Dunst gefüllt war. Der Lehnstuhl mit den weißen Laken wartete auf mich. Aber die Laken waren nicht brandneu, wie ich zuerst gedacht hatte; sie waren schon mit Blutstropfen befleckt. Die gesichtslosen Figuren setzten mich vorsichtig ab. Ich spürte den leichten Stoß, aber ich konnte meine Haut nicht fühlen. Es schien, als hätte ich bloß leeren Raum, um mich zuzudecken.

Der Stuhl war hochmechanisch. Stützapparate stiegen auf und senkten sich dann wieder, auf meinen Kopf, meine Taille und meine Knöchel, sie machten mich bewegungsunfähig. Motoren summten, und der Stuhl drehte sich im Raum und fuhr zu einem Bett. Schließlich wurde ich festgeschnallt und vor einem weißen, leeren Computerbildschirm in eine aufrechte Position gebracht. Dann wurde ein großer hinterer Teil des Stuhls – oder des Betts – entfernt, und ich spürte, wie eisige Finger mein Rückgrat untersuchten. In diesem Moment war mir klar, daß ich für eine Operation vorbereitet wurde.

Aber sie gaben mir keine Betäubung.

Sie fingen einfach an zu schneiden.

Ich hörte ein grelles Gejaule, wie ein Bohrer beim Zahnarzt.

Die Schatten am Rande meiner Vision rückten näher.

Das Geräusch drang in meinen Rücken ein. Keine Schmerzen.

Jedoch tropfte Blut auf den glatten weißen Boden unter mir.

Mein Blut. Ich schrie, gab aber kein Geräusch von mir.

Der Computerbildschirm ging an.

Er zeigte eine innere Karte des Rückenmarks, Millionen

miteinander verbundener mikroskopischer Nervenfasern, die ein lebendes Seil bildeten. Aber das Rückenmark sah dunkel aus. Die Mini-Säge jaulte, als sie der Länge nach durch meinen Rücken schnitt, und ich spürte, wie Metallstäbe in ihn eingesetzt wurden. Dann gab es einen abscheulichen Ruck und ein Reißgeräusch.

Sie hatten mir das Rückenmark aus dem Körper gerissen.

Meine Schreie loderten in meiner gefrorenen Seele wie Flammen in einer Kristallhöhle. Aber die Höhle blieb kühl, und die Schatten bewegten sich vor mir. Der Computerbildschirm zeigte jetzt die Karte meines Gehirns. Ja, es war *mein* Gehirn, dessen Funktion sie aufgezeichnet hatten, nicht das von Christopher. Dann dachte ich an ihn, und ich verfluchte ihn. Warum hatte er mir diese Qual nicht ersparen können?

Eine Stahlklinge glitzerte vor mir im orangefarbenen Licht.

Eine behandschuhte Hand drückte sie mir oben auf den Schädel.

Das konnte ich spüren – die Metallzähne, die sich in meine Haut krallten.

Sie fingen an zu sägen. Dieses Geräusch. Dieses Blut.

Dieses unendliche Leiden.

Nur meine Augen mußten sie intakt gelassen haben. Ich beobachtete, wie die Aufnahmen immer tiefere Schichten meines Gehirns zeigten, wie sie mein graues Gewebe untersuchten. Auch hier war es dunkel. Keine Synapsen mit umherschießenden molekularen Blitzen. Nicht ein einziges Neuron glühte mit der Erinnerung von unter der Sonne verbrachten Tagen. Die Wege des Bewußtseins waren so still wie mein Flehen um Hilfe. Es gab Leben, aber kein Leben, wie ich es kannte.

Nicht Leben, wie Gott es am Anfang der Zeit erschaffen hatte.

Ich bemerkte ein silbriges Aufblinken. Es war grauenhaft. Es war der Same des Fluchs – das wußte ich ganz genau, selbst wenn die Schatten es nicht wußten. Zugleich war es jedoch auch großartig. Dieser Same konnte die Geheimnisse des Universums enthüllen.

Mein Schicksal war es, sie alle kennenzulernen.

»Mein Gott«, flüsterte ich. Ich saß kerzengerade in meinem Bett.

Mein Zimmer war hell – das Licht war an. Hatte ich vergessen, es auszuschalten, bevor ich ins Bett ging? Das passierte mir nie. Ich war im Bett, trocken, nicht in der Badewanne. Ich hörte mein Herz klopfen und meinen schweren Atem gehen. Unten im Flur schnarchte friedlich mein Vater. Sonst war das Haus still. Vor mir, auf der anderen Seite des Zimmers, war der dunkle Bildschirm meines Fernsehers. Auf dem Gerät stand mein Recorder. Ich hatte ihn auf die Nachrichten des nächsten Tages eingestellt. Ob das Gerät irgendwas gemacht hatte, wußte ich nicht.

Die Fernbedienung lag neben dem Bett, und ich drückte die Rückspultaste. Ich glaubte nicht, daß irgend etwas geschehen würde. Ich hatte eine neue Kassette in das Gerät eingelegt, bevor ich ins Bett ging, und wenn nichts aufgenommen worden war, mußte das Band am Anfang stehen.

Aber das Band spulte sich zurück.

Jedes Detail aus meinem Traum fiel mir wieder ein.

Ich zitterte in meinem Bett. Eine Minute verging.

Das Band stoppte.

Ich drückte auf Play. Nachrichten kamen.

Ein anderer Sprecher. Eine Frau. Hübsch. Tolle Haare.

»Guten Abend«, sagte sie. »Die Nachrichten heute: Saudi-Arabien hat gegen die Kreditzusagen für Israel protestiert. Nach Meinung Saudi-Arabiens hat Israel nicht wesentlich zur Fortführung der Friedensgespräche beigetragen, die . . .«

Ich hörte eine Viertelstunde zu, bevor ich mitkriegte, daß ich die Nachrichten fast einen Tag vor dem Zeitpunkt aufgenommen hatte, zu dem sie gesendet werden sollten.

»Das Gerät hat aufgenommen, während ich schlief«, sagte ich laut. Genau wie vorher.

Die Entscheidungsspiele im Baseball waren dran. Oakland spielte am Montag abend gegen Toronto. Die Sprecherin nannte das Ergebnis.

Ich schrieb es mir auf und legte mich wieder schlafen.

Keine Träume mehr. Vorerst.

7. KAPITEL

Am Montag ging ich nicht zur Schule. Statt dessen fuhr ich nach Las Vegas. Dafür brauchte ich vier Stunden. Ich wollte auf das Spiel Oakland gegen Toronto setzen und wußte, daß diese Art von Wetten in Los Angeles illegal waren. Weil ich keinen Buchmacher kannte, war Vegas meine einzige Chance. Bevor ich losfuhr, bat ich meinen Vater um die fünfhundert Dollar. Er war überrascht über meine Bitte, obwohl er sagte, er wolle die Wette unbedingt anerkennen. Ich versprach, ihm das Geld abends zurückzugeben. Wir mußten in die Bank fahren, um das Geld abzuheben. Ich ging davon aus, daß ich in Vegas Bargeld brauchte. Mein Vater war ein Schatz – er fragte mich noch nicht einmal, wofür ich das Geld haben wollte. Er meinte, ich solle es behalten, ich hätte es offen und ehrlich gewonnen.

Die Fahrt durch die Wüste verlief ruhig. Ich war vorher noch nie in Las Vegas gewesen, und ich muß schon sagen, ich war von allem total begeistert. Die Größe mancher Hotels haute mich um. Über das *Mirage* hatte ich Gutes gehört, also ging ich dorthin. Als ich reinkam, war das Casino ziemlich leer; es war zwei Uhr nachmittags. Ich fragte eine Frau, die gerade einen Spielautomaten nachfüllte, wo ich auf das Baseballspiel setzen könnte, und sie zeigte mir einen Saal, in dem wie in einem Mini-Theater oder in einer Arena Großbildschirme mit Reihen leerer Sitze davorstanden. Gerade wurden Pferderennen übertragen. Auf der rechten Seite war ein Schalter mit einem Metallgitter davor. Ein grausig aussehender alter Mann in einer Hoteluniform schaute mich an, als ich zum Schalter ging.

»Suchst du deine Eltern?« fragte er.

Ich trug ein schwarzes Kleid und hatte mein Haar hochgesteckt, um älter auszusehen. Ich wußte, daß man einundzwanzig sein mußte, um in Vegas zu spielen. Ich wußte auch, daß diese Regel selten streng eingehalten wurde.

»Meine Tochter«, verkündete ich sanft und lächelte. Der

Mann blickte mich prüfend an, und ich tat es ihm gleich. In seinem Gesicht waren so viele Falten, daß man sie nicht alle hätte zählen können, selbst wenn man sich von morgens bis abends damit beschäftigte. Tatterig war er jedoch nicht. Die Muskeln an seinen Armen waren fest. Seine Haare waren dunkel. Er hatte sie gefärbt, das erkannte ich, aber immerhin hatte er noch genug davon. Er zog eine nicht angezündete Zigarette aus seinem Mundwinkel und deutete auf meine Handtasche.

»Sind Sie hier, um eine Wette zu plazieren?« fragte er.

»Ja.«

»Wie alt sind Sie, junge Frau?«

»Einundzwanzig.«

Er machte eine finstere Miene. »Das kannst du meiner Großmutter erzählen.«

Ich strahlte. »Ach, Ihre Großmutter ist auch einundzwanzig? In welchem Monat ist sie geboren?«

Er seufzte. »Junge, Junge. Hast du einen Ausweis dabei?«

»Wie oft fragen Sie hier nach Ausweisen?«

»Nie. Aber von dir habe ich jetzt schon die Schnauze voll. Wo ist dein Führerschein?«

»Hab' keinen dabei. Aber fünfhundert Dollar habe ich, in bar. Ich will auf das Baseballspiel heute abend setzen.«

Das schien ihn mehr zu interessieren. »Magst du Baseball?«

»Total. Ich bin der absolute Oakland-Fan.«

»Der liebe Gott war bester Laune an dem Tag, an dem er Baseball erfand«, erklärte der Mann. »Bist du mit deinen Eltern hier?«

»Nee. Die sind leider längst an Altersschwäche gestorben.« Ich legte meine Arme auf den Schalter und beugte mich näher zu ihm vor. »Ich bin reich wie Sau«, sagte ich vertrauensvoll. »Sie brauchen keine Bange zu haben, daß ich mein Geld verliere.«

Er grunzte. »Ich habe Bange, meinen Job zu verlieren. Man muß einundzwanzig sein, um hier eine Wette zu plazieren.«

»Ich bin einundzwanzig.« Ich zog die fünf Hundertdollarscheine so aus meiner Handtasche, daß er sie sehen konnte. »Sie haben mein Ehrenwort.«

»Willst du das hier alles auf Oakland setzen?«

»Nee. Ich setze gegen sie. Heute abend verlieren sie neun zu eins. Ich will das als genaues Ergebnis tippen und dafür Quoten.«

»Ich kann dir sagen, wie die Quoten dafür jetzt im Moment aussehen.« Er drehte sich zu einer Tafel hinter ihm um, auf der mit Kreide Spalten und Zahlenreihen geschrieben standen. »Achtundvierzig zu eins.«

Ich übte mich im Kopfrechnen. »Heißt das, Sie zahlen mir vierundzwanzigtausend Dollar, wenn ich diese fünfhundert Dollar hier einsetze und gewinne?«

»Nein. Das ist die Brutto-Quote. Von dem Betrag ziehen wir automatisch zehn Prozent ab. Wenn du fünfhundert Dollar darauf setzt, daß Toronto neun zu eins gegen Oakland gewinnt, zahlen wir dir einundzwanzigtausendsechshundert, falls du recht behältst.«

Ich schob das Geld nach vorn. »Das ist in Ordnung.«

Er schob das Geld zurück. »Eine Schwachsinnswette.«

»Ich sagte doch, ich bin ein reicher Schwachkopf.«

Er steckte sich die Zigarre wieder in den Mund. »Wie heißt du?«

»Rela.«

»Ich bin Bob.« Er reichte mir seine behaarte Hand durch die Gitterstäbe.

»Freut mich, Bob. Ich sagte doch, du brauchst keine Bange wegen meines Geldes oder wegen deines Jobs zu haben. Wenn ich verliere, verliere ich eben. Ich werd' hier kein Theater veranstalten. Wenn ich gewinne, sind das bloß kleine Fische für mich.«

»Wie kommst du auf dieses Ergebnis, Rela?«

»Ich besitze übernatürliche Kräfte.«

Er beugte sich vor. Wäre er nicht schon so alt gewesen, hätte ich geglaubt, er wäre der Marlboro-Mann höchstpersönlich; der Tabakgeruch, der seinem Mund entströmte, war unglaublich.

»Ich bin schon ziemlich lange in diesem Geschäft«, fing er an. »Mir sind eine Menge Leute mit übernatürlichen Kräften begegnet. Normalerweise landen sie bei den *Anonymen Spielsüchtigen* – völlig pleite. Du verlierst deine fünfhundert Dollar, das ist so sicher wie das Amen in der Kirche. Und du bist nicht reich, Rela. Das kann ich dir ansehen.«

Das fand ich beleidigend. »Wieso denn das?«

»Deine Schuhe. Es sind immer die Schuhe. Wo hast du sie her? K-Markt?«

»Woolworth – im Ausverkauf. Hey, Bob, nimm meine Wette an. Ich lad' dich zum Essen ein, wenn ich gewinne. Wir können einen zwitschern.«

»Bist du alt genug, um einen zu zwitschern?«

Ich hielt seinem Blick stand. »Ich habe einen Insidertip für dieses Spiel. Ich kann dir das nicht erklären. Du mußt mir einfach glauben. Nimm meine Wette an, und setz selber auch drauf.«

Meine Ernsthaftigkeit beeindruckte ihn wohl. Er seufzte wieder und starrte auf mein Geld. »Und du bist sicher, das ruiniert dich nicht?« hakte er nach.

»Alles todsicher. Wette mit mir. Das ist die beste Wette, die du je abgeschlossen hast.«

»Ich müßte in ein anderes Casino gehen, um auf das Spiel zu setzen. Hier kann ich es nicht machen.« Zum erstenmal sah er mich ernsthaft an. »Wie gut ist dein Tip?«

»Gold wert. Neun zu eins wird's ausgehen.«

»Das kannst du nicht vorhersagen. Kein Mensch kann das.«

»Ich sage dir die Wahrheit. Sehe ich verrückt aus?«

»Du hörst dich verrückt an, Rela.« Aber dann entspannte er sich und zuckte mit den Schultern. »Vielleicht setze ich zwanzig drauf, um dir einen Gefallen zu tun.«

»Setz hundert drauf«, sagte ich bestimmt.

Er schüttelte den Kopf. »Diese Stadt lockt wirklich jede Sorte Vögel an.«

Später, als die Sonne untergegangen war und Lichter die Straße taghell erleuchteten, kehrte ich ins *Mirage* zurück, um meinen Gewinn einzukassieren. Ich ging davon aus, daß Bob nicht mehr bei der Arbeit war, fand ihn aber auf einem der Stühle vor den Großbildschirmen. Als er mich sah, sprang er hoch.

»Ich habe keine Ahnung, warum ich's getan habe«, sagte er, »aber ich habe meinen ganzen Lohn auf deine Wette gesetzt.«

Das freute mich wirklich. »Wieviel hast du gewonnen?«

Er war außer sich. »Fast soviel wie du. Willst du dein Geld? Hast du den Zettel noch, den ich für dich ausgefüllt habe?«

»Klaro, verloren habe ich ihn nicht.« Ich fischte ihn aus meiner Tasche und gab ihn ihm. Er ging auf den Schalter zu.

»Im Moment bin ich nicht im Dienst, aber ich kümmere mich darum, daß du dein Geld gleich bekommst«, sagte er. Er rief einen jungen Mann hinter dem Schalter, reichte ihm den Zettel und flüsterte ihm etwas ins Ohr. Bob drehte sich zu mir um. »Ich nehme mal an, du willst Bargeld?«

»So ist es.«

»Hunderter sind okay?«

»Perfekt.«

Er gab dem anderen Kerl ein Zeichen, und der verschwand hinter dem Tresen. Bob kam auf mich zu und legte seinen Arm um mich. Seit unserem ersten Gespräch hatte er sich die Zähne geputzt oder gegurgelt. Sein Atem war pfefferminzfrisch. Schöne Klamotten hatte er auch an.

»Wie hast du's gemacht?« wollte er wissen.

»Kann ich dir nicht sagen.«

»Nun komm schon.«

»Nee, nee. Mehr sag' ich nicht. Du kannst mich foltern und wirst es doch nicht aus mir rauskriegen.«

Er lachte. »Ich wußte, daß du so was sagen würdest. Weißt du, daß ich gekündigt habe? Ich geh' heute abend weg von hier. Ich fliege nach New York, mach' erst mal schön Urlaub. Zu Hause. Du bist nicht sauer, wenn wir das mit dem Essen ein anderes Mal nachholen?«

»Kein Problem. Ich muß noch nach Los Angeles zurück. Aber jetzt verrate mir mal, warum du mir geglaubt hast. Ich hätte nie gedacht, daß du soviel riskieren würdest.«

Die Frage verblüffte ihn. Er nahm den Arm von meiner Schulter, und sein Gesicht nahm einen komischen Ausdruck an. Er war glücklich, aber er hatte auch Angst.

»Irgendwas ist einfach mit dir, Rela«, war alles, was er sagte.

8. KAPITEL

Ich kehrte erst um ein Uhr früh aus L. A. zurück. Aus Jux fuhr ich zu Christopher nach Hause. Wo er wohnte, wußte ich. Ein einstöckiges Haus, und in einem Zimmer war Licht. In seinem, schätzte ich mal. Ich nahm meinen ganzen Mut zusammen – soviel Geld zu gewinnen hatte mir einen Adrenalinschub und gute Nerven verpaßt –, parkte, lief bis an sein offenes Fenster und klopfte sachte an. Fast augenblicklich schob er die Gardine beiseite. Er hatte Elektroden an seinen Kopf angeschlossen und ein seltsames Lächeln im Gesicht, so daß ich erst mal zurücktrat.

»Hallo«, sagte er, als käme ich jede Nacht bei ihm vorbei.

»Bist du hier auf Mutter Erde?« fragte ich.

»Nicht wirklich. Willst du rein?«

»Werden deine Eltern dann nicht wach?« fragte ich.

»Nur wenn wir uns anschreien.«

Eine Minute später öffnete er mir die Eingangstür. Die Elektroden hatte er abgenommen. Kaum war ich in seinem Schlafzimmer, schloß er die Tür und wies auf sein Biofeedback-Gerät. Es war ein kleines, quadratisches Kästchen, weit rechts auf seinem vollgestopften Holzschreibtisch. Das Gerät wies eine Dreierreihe von Knöpfen auf, und vier Kabelstränge führten von ihm weg. Über jedem Knopf waren verschiedenfarbige Lichter. Jedes Licht, erklärte mir Christoph, entsprach jeweils einer Gehirnwelle: Theta, Alpha, Beta, Delta. Die Kombination von Alpha und Theta war die beste, erläuterte er.

»Wenn dein Gehirn diese Wellen produziert, gelangst du in einen echt abgehobenen Zustand«, meinte er enthusiastisch.

»Und wie fühlt sich das an?« fragte ich ihn und setzte mich auf die Bettkante. Sein Zimmer war vollgestopft mit wissenschaftlichem Brimborium: einem Teleskop, einem Mikroskop, zwei Computern, Karten des Sternenhimmels. Das perfekte Zimmer für einen jungen Einstein. Er saß auf seinem

Schreibtischstuhl und stützte sich mit den Füßen auf der Bettkante ab. Er trug einen grauen Pulli, aber kein T-Shirt darunter. Seine Brust war unbehaart, die Muskulatur kam gut heraus. Ich hätte ihm gerne die Füße massiert, aber so mutig war ich nun auch wieder nicht.

»Euphorisch«, antwortete er. »So, als wenn du in ein gewaltiges Meer fließt und ein Teil von ihm wirst.«

»So wie die Yogis die höheren Bewußtseinszustände beschreiben?«

Er machte eine wegwerfende Handbewegung. »Die beschreiben ihre Erfahrungen mit mystischen Worten. Bei dem hier gibt es nichts Mystisches. Wenn das Gehirn bestimmte Wellen erzeugt, wird dein Bewußtsein natürlich verändert.«

»Könnte es andersherum sein?«

»Wie meinst du das?« fragte er.

»Könnte die Tatsache, daß dein Bewußtsein sich ändert, deine Gehirnwellen verändern?«

»Nein.« Er klopfte auf das Biofeedback-Gerät. »Mit dem hier kann ich meine Gehirnwellen direkt kontrollieren. Ein rein mechanischer Prozeß.«

Ich lächelte. »Aber du bist keine Maschine, Christopher.«

Er nickte und lächelte ebenfalls. »Du betrittst hochphilosophisches Gebiet. Ist unser Verstand Ergebnis unseres Gehirns, oder ist es andersherum? Ich zum Beispiel sehe keinen Anhaltspunkt dafür, warum unser Bewußtsein mehr sein sollte als das Ergebnis elektrochemischer Aktivitäten unseres Gehirns.«

»Glaubst du nicht, daß wir eine Seele haben?« wollte ich von ihm wissen.

»Nein. Ich glaube, das ist nur ein dummer Wunsch. Bist du religiös?«

»Mein Vater ist Pfarrer.«

»Du hast meine Frage nicht beantwortet.«

Für einen Moment schloß ich die Augen. Der Schrecken meiner Alpträume berührte mich kurz. Doch irgend etwas in diesen Träumen, so schrecklich sie auch waren, ließ mich spüren, daß es etwas in mir gab, das jede Katastrophe überleben würde. Ich öffnete die Augen.

»Kommt drauf an, was du unter religiös verstehst«, meinte ich. »Ich glaube an das Leben.«

»Das ist mir zu vage. Was denkst du über das Leben?«

»Daß es wunderschön ist. Daß es immer weitergeht.«

»Das tut das Leben ganz sicher nicht. Die Redwoods können vielleicht zweitausend Jahre alt werden, aber am Ende sterben sie doch. Wenn es nicht sehr bald einen erstaunlichen Durchbruch in der Medizin gibt, werden wir beide in achtzig Jahren tot sein.«

»Vermutlich«, sagte ich wehmütig. Das Gespräch bedrückte mich. Ich überlegte, wie es angefangen hatte. Ich war zu Christopher gefahren, um ihm meinen Stapel Hundertdollarscheine zu zeigen, aber jetzt zögerte ich damit. Er würde wissen wollen, woher ich das Geld hatte, und mein Widerwillen, über den Recorder zu sprechen, war nach wie vor groß. Trotzdem war es angenehm, bei Chris auf dem Bett zu sitzen und einfach bei ihm zu sein. »Wieso bist du denn so spät noch auf?« wollte ich wissen.

»Das gleiche könnte ich dich auch fragen«, sagte er. »Ich bleibe oft auf, um zu arbeiten.«

»Videorecorder und solches Zeug reparieren?«

»Nein, das mache ich tagsüber. Nachts arbeite ich an meinen eigenen Sachen.«

»Und die wären?«

Er kicherte. »Ich baue ein Raumschiff. Hast du Lust, meine Chefingenieurin zu werden?«

»Klingt witzig.«

Er stand auf und langte nach den Elektroden, die er getragen hatte. »Ich möchte dich an mein Biofeedback-Gerät anschließen.«

»Tut das weh?«

»Kein bißchen.« Er bedeutete mir, mich auf seinen Stuhl zu setzen. »Bis ans Bett reichen die Kabel nicht.«

Widerwillig rutschte ich hinüber. »Und ich könnte hier nicht ganz versehentlich einen kleinen, tödlichen Stromschlag abkriegen?«

Er lachte und fing an, meinen Kopf auf eine gute Stelle für den Anschluß der Drähte hin zu untersuchen. Wo meine

Haare im Weg waren, schob er sie zur Seite. Daß er meinen Kopf berührte, hätte ich eine Woche zuvor sicher noch für eine himmlische Erfahrung gehalten. Doch jetzt zitterte ich dabei vor Angst.

»Du wirst es überleben, Rela«, sagte er.

»Ich weiß nicht so recht, ob mir das hier gefällt.«

»Du wirst voll drauf abfahren. Du kannst es mit offenen Augen tun oder mit geschlossenen. Jedesmal, wenn dein Gehirn eine bestimmte Welle produziert, geht eine andere Lampe an. Das Gerät erlaubt dir, dein Gehirn so zu trainieren, daß du bewußt eine Alpha- oder Theta-Welle oder was auch immer machst. Und das Gerät gibt auch einen bestimmten Ton von sich, je nachdem, welche Welle du erzeugst. Wenn du den Ton einmal kennst, brauchst du die Lichter nicht mehr anzugucken. Du kannst dich zurücklehnen und in die Tiefe gehen.«

»Tiefe«, flüsterte ich.

»Glaub mir«, murmelte er. Dann strich er die Haare von meiner rechten Schläfe, und ich spürte, wie die Drähte ein wenig an meiner Haut kratzten. So unmöglich sich das vielleicht anhört, aber ich konnte das Eisen im Draht schmecken, und es erinnerte mich an einen anderen Geschmack, an den von Blut, in dem auch Eisen ist. Weit entfernt von der Wirklichkeit waren meine Alpträume nie. Es war merkwürdig, fand ich, wie sie begonnen hatten, als ich den Recorder kaufte. Christopher hantierte weiter. »Hier, laß mich gerade mal den Stecker hier neben dich . . .«

»Halt«, sagte ich, stand mit einemmal auf und stöpselte die Drähte aus.

Er schien überrascht. »Was ist los?«

Ich konnte kaum mehr atmen. »Weiß nicht.«

»Rela.«

»Ich will's nicht.«

»Ich schwöre dir, es ist null Gefahr dabei. Diese Drähte empfangen bloß die winzige Spannung, die dein Gehirn produziert. Sie bringen absolut keine Elektrizität in dein Gehirn hinein.«

Eine Schwindelwelle überfiel mich, und das Zimmer verschwamm vor meinen Augen. Ich ging zur Tür. »Ich muß nach Hause. Tut mir leid.«

»Rela.« Er ergriff meinen Arm. »Du brauchst es nicht zu tun.« Er legte mir seine andere Hand auf die Schulter und zog mich näher zu sich heran. »Du brauchst nicht zu gehen. Schau dich an, du zitterst ja.«

Verlegen senkte ich den Kopf. Das Schwindelgefühl verging so schnell, wie es gekommen war. »Ich vermute, mein Gehirn produziert Rela-Wellen«, sagte ich leise.

Sanft hob er mein Kinn. »Und was sind Rela-Wellen?« fragte er.

»Sie sind inkohärent. Sie lassen die Menschen an Schmetterlinge und Bäume glauben.«

Seine tiefen, dunklen Augen schauten mich an, doch diesmal konnte ich in ihnen nicht den Mond und die Sterne sehen. Ich sah nur einen jungen Mann mit einem Hang zu gefährlichem Spielzeug, und es half mir auch nicht, daß er sagte, es sei sicher. Er berührte mein Haar.

»Habe ich dir jemals erzählt, daß du mir bekannt vorkamst, als wir uns begegneten?«

Ich war überrascht. »Du mir auch.«

»Echt?«

»Wirklich. Gleich im ersten Moment. Wie kommt das?«

»Ich weiß es nicht. Ich weiß nicht, ob es was zu sagen hat.«

»Für mich schon.«

»Du siehst traurig aus. Bist du traurig?«

Ich runzelte die Stirn. »Ja«, gab ich zu.

»Zu viele Rela-Wellen.« Er trat näher. »Darf ich dich küssen?«

Ich lächelte. »Du sollst nicht fragen. Du sollst es einfach tun.« Ich zögerte kurz. »Nein«, sagte ich dann.

Er grinste. »Ist das das gleiche Nein, das du mir gesagt hast, als ich mich mit dir verabredet habe?«

»Nein.« Ich wich zurück, und seine Hand rutschte von meinem Haar. »Heute abend nicht, Christopher. Es ist nicht gut für mich.«

Er war besorgt. »Du bist immer noch mitgenommen. Tut mir leid, daß ich dich so erschreckt habe.«

»Du hast mich nicht erschreckt. Ich habe mich selbst erschreckt.« Ich drehte mich zur Tür. »Ich muß nach Hause, bevor es zu spät wird.«

»Zu spät wofür?«

An der Tür hielt ich inne und blickte über meine Schulter. Ich hatte das Gefühl, ein Déjà-vu zu erleben. Es gab keinen Zweifel. Ich hatte Christopher schon einmal in seinem Schlafzimmer gesehen – vor langer Zeit. Aber nicht in *diesem* Zimmer.

»Zu spät für die Nachrichten«, sagte ich. »Dabei wollte ich sie noch angucken.«

9. KAPITEL

In dieser Nacht schaute ich mir keine Nachrichten mehr an. Statt dessen schlief ich und hatte Träume, viele Träume, doch ich konnte mich nicht so gut an sie erinnern wie an die anderen, und dafür war ich dankbar.

Erst am Morgen schaltete ich meinen Fernseher und meinen Recorder an. Am frühen Dienstagmorgen schaute ich mir in meinem Schlafzimmer die Dienstagabend-Nachrichten an. Eine neue Sprecherin – ein exotischer Rotschopf. Die Zauberkunst meines Geräts funktionierte auf jedem Kanal. Ich hatte es gleich programmiert, als ich von Christopher gekommen war, unmittelbar bevor ich mich schlafen gelegt hatte.

Die Nachrichten waren schauerlich.

›Eine Tragödie spielte sich heute etwa gegen zwölf Uhr mittags am Hyatt-Hotel in San Francisco ab«, verlas die Sprecherin. »Eine Gruppe von vier Fensterputzern stürzte vom zweiunddreißigsten Stockwerk des Hotels in den Tod. Ein Sicherheitsband an ihrer Arbeitsbühne war gerissen. Die Gründe hierfür sind unbekannt. Augenzeugen der Tragödie berichten, die Opfer seien völlig überrascht worden. Die Arbeitsbühne sei zunächst stabil gewesen, doch einen Moment später seien die vier Menschen abgestürzt. Auf dem Boden wurde niemand verletzt. Zum gegenwärtigen Zeitpunkt wurde nur der Name eines Opfers bekanntgegeben – Jene Roe, eine achtundzwanzigjährige Mutter von zwei Kindern. Mrs. Roe war die einzige Fensterputzerin in San Francisco. Stan Adams, unser Nachrichtenkorrespondent, sprach vor Ort mit dem Ehemann von Mrs. Roe über den Unfall. Wir schalten nun zu diesem Interview um.‹

Was nun folgte, war Medienarbeit in ihrer erbärmlichsten Form. Der Mann von Mrs. Roe schluchzte fast während des ganzen Interviews, während der Reporter mit den hirnverbranntesten Fragen auf ihn einhämmerte. Wie fühlt man sich, wenn die eigene Frau zerquetscht auf dem Bürgersteig liegt? Werden Sie die Stadt verklagen? Wie werden die Kinder ohne Mutter aufwachsen? Hat Jene jemals davon gesprochen, jung zu sterben? Der arme Mr. Roe wußte nicht, was er sagen sollte, außer: »Mein Gott, warum mußte das geschehen?«

Das brachte mich zum Nachdenken.

Ja wirklich, warum denn eigentlich?

Noch war es doch gar nicht geschehen. Ich konnte es aufhalten.

Ich schimpfte mit mir selbst. Wie schäbig waren meine Gedanken gewesen, als ich den Recorder zuerst dafür genutzt hatte, um Geld zu verdienen. Dann wieder fand ich, wie gut es war, ein bißchen Bargeld übrig zu haben. Es war halb acht in der Frühe. Mit dem Auto konnte ich nicht bis Mittag in San Francisco sein, aber ich konnte fliegen. Wie aufregend! Ich konnte diese Menschen retten! Ich konnte Mr. Roe und seinen Kindern leidvolle Jahre ersparen. Ich sprang aus dem Bett, rief die Fluggesellschaften an und reservierte für einen Flug um halb zehn, der um halb elf in San Francisco sein würde. Dann zog ich mich an. Ich gab meinem Vater einen Auf-Wiedersehen-Kuß, bevor ich das Haus verließ.

»Du warst spät dran gestern«, sagte er.

»Tut mir leid. Ich hab' das Geld für dich.«

»Ich sagte doch, es ist deins.« Er stand von seinem Platz am Tisch auf. Gegessen hatte er Toast und Konfitüre – das, was er morgens immer aß. Ich stand auf Corn-flakes mit jeder Menge Milch. »Geht es dir gut, Rela?«

»Ja, aber momentan bin ich im Streß.«

»Wo willst du hin?«

Ich machte eine Pause. »Nach San Francisco.«

»*Was?*«

»Ich fliege hin. Ich bin heute abend wieder zurück. Großes Ehrenwort.« Ich drückte die Tür auf. »Mach dir keine Sorgen um mich.«

»Ich mache mir aber Sorgen um dich.« Er kam einen Schritt näher, wußte jedoch nicht, was er sagen sollte. Unsere Blicke begegneten sich, und er versuchte ein Lächeln, zuckte aber schließlich nur mit den Schultern und starrte auf den Boden. »Es ist eben so, daß ich nie eine Tochter hatte. Ich bin einfach nicht sicher, ob ich bei dir alles richtig mache.«

»Wie kommst du denn darauf? Du bist doch klasse.«

Wieder schaute er mich an. »Du weißt doch, was ich meine.«

Matt schüttelte ich den Kopf. »Nein.«

Er seufzte. »Wir sollten uns mehr bemühen, deine Familie zu finden.«

Ich erstarrte. »Kein Bedarf.«

»Rela.«

»Tut mir leid, ich muß los. Wir können später reden.«

Er ging noch einen Schritt weiter auf mich zu und streckte seinen Arm nach meinem aus. »Was ist denn in San Francisco?« fragte er.

»Niemand, den ich kenne.« Ich gab ihm noch einen Kuß. »Auf Wiedersehen, Vater.«

Einen Moment lang hielt er mich noch fest und drückte mich an sich.

»Auf Wiedersehen, Rela.«

Wegen Triebwerkschadens fiel mein Flug aus. Der Mann am Schalter sagte, es gebe dreißig Minuten später noch einen. Ich nahm die Zehn-Uhr-Maschine. Die halbe Stunde Verspätung setzte mir aber ganz schön zu. Als wir in San Francisco landeten, stürzte ich aus dem Flughafen und sprang in ein Taxi.

»Zum Hyatt«, sagte ich dem Fahrer. »In die Stadt.«

»In welches?« fragte er.

»Es gibt zwei? Verdammt. Sind alle beide hoch?«

Der Mann war Ausländer, vielleicht Inder. Er kratzte sich am Kopf. »Eins ist hoch. Eins ist nicht so hoch. Sie sind beide sehr schön.«

»Fahren Sie mich zum höheren.« Auf meiner Uhr war es Viertel nach elf. »Wie lange brauchen wir?«

»Dreißig bis vierzig Minuten.«

Ich wußte noch nicht mal, ob der Unfall genau um zwölf passierte. Was, wenn um Viertel vor zwölf? Ich würde gerade noch mitkriegen, wie sie die Leichen zudeckten. Ich öffnete meine Handtasche, zugestopft mit Hundertdollarscheinen, und warf dem Fahrer über den Sitz hin einen zu.

»Wenn Sie über alle roten Ampeln fahren, kriegen Sie noch einen, sobald wir am Hotel sind«, sagte ich.

Der Fahrer lächelte und steckte das Geld ein. »In meinem Land fahren wir immer über rote Ampeln.«

Er fuhr sein Taxi wie eine Achterbahn auf Abwärtskurve und verdiente sich seine hundert Dollar extra. Nachdem ich aus dem Taxi gestiegen war, verhielt ich unten an den Stufen zum Hotel und lehnte mich zurück, um zu sehen, ob eine Gruppe von Fensterputzern irgendwo dort oben arbeitete. Es war zehn Minuten vor zwölf.

Und was jetzt? Ich war so schnell ich konnte zum Hotel gehetzt, aber einen richtigen Plan, was zu tun war, hatte ich nicht, als ich ins Foyer lief, sah ich ein Mädchen, kaum älter als ich, am Schreibtisch des stellvertretenden Geschäftsführers. Atemlos rannte ich zu ihr.

»Das Gerüst bei den Fensterputzern gibt nach«, stieß ich hervor.

Sie blinzelte. »Was? Wer sind Sie?«

»Niemand.« Ich wies nach draußen. »Ich sage Ihnen doch, die Fensterputzer fallen gleich herunter. Wo sichern sie ihre Seile, wenn sie arbeiten?«

Die junge Frau stand auf. Sie hatte Kaffee getrunken und stieß die halbleere Tasse versehentlich um. Mit Papiertaschentüchern wischte sie die Flüssigkeit auf und sagte: »Sie arbeiten vom Dach herunter. Woher wollen Sie wissen, daß ihre Ausrüstung nachgibt?«

»Ich hab's mit eigenen Augen gesehen!«

Sie ließ den Kaffee, wo er war, und ging um den Schreibtisch herum. »Das muß ich mir selbst ansehen.«

»Dazu haben wir keine Zeit!« Ich packte sie an den Schultern und drehte sie zu mir. Ich kann nur ahnen, wie verrückt ich ausgesehen haben muß. Aber ich konnte mich nicht unter Kontrolle bringen. »Schicken Sie sofort jemand aufs Dach! Sie können jede Minute sterben!«

Die junge Frau war unschlüssig. »Sie meinen, man kann von außen sehen, wie das Gerüst wankt?«

»Ja! Es gibt in diesem Moment nach!«

Sie griff nach unten und holte ihr Telefon auf den Schreibtisch. »Die Fensterputzer sind keine Hotelangestellten, aber ich werde jemanden von unserer Wartungsmannschaft nach dem Rechten sehen lassen.«

Ich trat einen Schritt zurück. »Sagen Sie ihnen, es ist ein absoluter Notfall.« Damit drehte ich mich um und rannte in den Aufzug. Ich verließ mich nicht darauf, daß in den nächsten Minuten jemand auf das Dach gehen würde. Ich wußte ja noch nicht mal, was ich selbst auf dem Dach tun konnte. Als die Fahrstuhltüren sich schlossen, überlegte ich, ob ich jemanden dabei ertappen würde, wie er die Seile der Fensterputzer durchschnitt, und ob der Mörder, wenn er mit den anderen fertig war, mit seinem Messer auf mich losgehen und mir die Kehle durchschneiden würde.

Nichts von alledem geschah. Doch bevor ich überhaupt auf das Dach kommen konnte, um zu sehen, was los war, mußte ich erst mal einen Weg nach oben hin finden. Der Aufzug fuhr nur bis zu dem letzten Geschoß, in dem Gäste wohnten. Auf dieser Etage, Nummer vierunddreißig, stieg ich aus und streifte verzweifelt die Gänge auf und ab, bis ich so etwas wie einen Lagerraum entdeckte. Er war unverschlossen, innen befanden sich jede Menge Röhren und Dieselmotoren. Hinten in der Ecke stand eine Stahlleiter, die geradewegs hochführte. Ich nahm immer zwei Sprossen auf einmal und jagte die Leiter hoch.

Der Wind auf dem Dach war unglaublich. Daß normale Leute an einem so stürmischen Tag so hoch oben Fenster putzen konnten, schien mir unfaßbar. Dann fiel mir ein, daß es in San Francisco immer windig war. Das Dach war mit Teerpappe und Kieselsteinen gedeckt. In der Mitte befand sich ein niedriger weißer Sockel, der eine gigantische Satellitenschüssel abstützte. Eine gut vier Fuß hohe, hellbraune Stahlmauer umgab das gesamte Dach.

Die Gänge des Hotels auf und ab zu laufen hatte meinen Orientierungssinn durcheinandergebracht. Ich rannte dorthin, wo ich die rechte Seite vermutete, konnte aber die Fensterputzer nicht entdecken. Zu spät, dachte ich. Dann stellte ich fest, daß ich an der Rückseite des Hotels war; die Leute hatten aber an der Vorderfront gearbeitet. Ich kehrte um und rannte zur anderen Seite. Da waren sie, drei Stockwerke unter mir, und arbeiteten fröhlich vor sich hin, zu Musik aus einem Ghettoblaster, den sie auf das Gerüst neben sich gestellt hatten. Ich sah Jene Roe. Sie lachte über irgendeinen Witz.

Ihre Seile waren mit dicken Stahlhaken an sechs kleinen Dachüberhängen befestigt. Ein Blick auf die Leinen zeigte keine kritischen Verschleißerscheinungen, obwohl die Seile ausnahmslos alt und verschmutzt waren. Vom Dach zum Gerüst führte eine Strickleiter. Es war fünf Minuten nach zwölf. Hinunterklettern würde ich nicht. Ich beugte mich über die Brüstung.

»Hey!«, rief ich. Alle vier schauten hoch. »Ein Anruf für Mrs. Roe. Es ist Ihr Mann. Ein Notfall.«

Es haute prima hin. Jene Roe legte ihre seifengetränkten Wischer ab und kletterte die Strickleiter hoch. Alles, was mir jetzt zu tun blieb, war, die drei anderen davon zu überzeugen, daß hier ein Notfall vorlag. Vielleicht konnte Jene mir helfen, überlegte ich.

Ich muß verrückt gewesen sein. Als sie über den Dachrand stieg, war sie natürlich besorgt. Sie war eine überraschend attraktive Frau: blond, sinnlich, roter Schmollmund und grüne Augen. Warum sie dreißig Stockwerke über dem Boden Fenster putzte, ging mir nicht in den Kopf.

»Wo ist das Telefon?« drängte sie.

»Unten.«

»Wissen Sie, was passiert ist?« fragte sie.

»Ihr Mann hat es nicht gesagt. Warten Sie!« Ich ergriff ihren Arm, als sie an mir vorbeiging. »Ihre Arbeitskollegen müssen auch mitkommen, sofort.«

Sie blieb stehen. »Warum?«

»Also, da hockt ein Attentäter auf der Lauer, da drüben auf einem Wolkenkratzer.« Ich nickte und fuhr fort: »Und die Polizei hat Angst, er könnte schießen. Er haßt Fensterputzer.«

Jene starrte mich mißtrauisch an, und das konnte ich ihr weiß Gott nicht verübeln. »Wer sind Sie? Arbeiten Sie für das Hotel?«

»Ja.«

»Sie sehen sehr jung aus.«

»Ich bin älter, als ich aussehe.«

»Hat mein Mann angerufen und gesagt, es sei ein Notfall?«

Ich zögerte. »Nein. Es ist etwas anderes. Es ist die Plattform, auf der ihr arbeitet. Sie wird gleich abstürzen.«

Jetzt war Jene sauer. »Sie holen mich da runter, um mir das zu sagen?«

»Ja. Ich will Ihr Leben retten. Hören Sie auf mich!«

Noch während ich sprach, drehte Jene sich um, als ob sie die Strickleiter runterklettern und wieder an die Arbeit gehen wollte. Später war ich überzeugt, daß das gar nicht ihre Absicht gewesen war. Wahrscheinlich wollte sie die anderen alarmieren, daß eine Verrückte auf dem Dach stand und sie ihre Leinen besser woanders sichern sollten. Ich hätte nicht versuchen sollen, sie aufzuhalten. Aber das begriff ich erst im nachhinein. In dem besagten Moment dachte ich bloß noch an Mr. Roe, der seine arme, tote Frau betrauerte, und daran, daß genau diese Frau wieder im Begriff war, hinunterzusteigen. Es war zu spät, den anderen zu helfen, entschied ich, und ich wollte zumindest sie retten.

Jene trug ausgebeulte, weiße Malerhosen, und in einer ihrer übergroßen Taschen steckte eine schwere, schwarze

Taschenlampe. Ich beugte mich vor und zog die Taschenlampe heraus. Jene drehte sich protestierend um. Genau in diesem Moment schlug ich ihr auf den Kopf.

Der Schlag saß. Sie ging in die Knie, und ich versetzte ihr noch eins seitlich auf den Schädel. Sie verlor das Bewußtsein. Ich fühlte mich ziemlich mies dabei, aber immerhin versuchte ich ja auf diese Weise, ihr das Leben zu retten. Mein Schuldgefühl hielt nicht lange an. Von jenseits des Dachs hörte ich plötzlich ein lautes Krachen und dann gellende Schreie.

Ich wollte nicht hinsehen. Ich hätte es auch nicht tun sollen. Aber ich tat es, und was ich sah, war das Ende von drei Leben. Ohne Vorankündigung hatte die Arbeitsbühne nachgegeben. Keiner der drei hatte eine Chance gehabt, nach den Leinen zu greifen und sich daran festzuhalten. Es ging schnell, trotzdem schienen sie in Zeitlupe hinunterzufallen, wie Puppen im Wind. Der Wind blähte ihre Kleider stark auf. Ihre Schreie schienen ewig anzuhalten. Selbst als sie auf dem Beton aufprallten, hörte ich ihre Schreie noch. Traurig schloß ich die Augen.

Ich verdrückte mich schnell. Das mußte ich auch, soviel war mir klar. Schließlich war ich ja kein Idiot. Wenn Jene wieder zu sich kam, würde sie mich für das Unglück verantwortlich machen, obwohl ich nichts weiter getan hatte, als ihr das Leben zu retten. Bevor jemand aufkreuzte, war ich die Treppe hinab und im Aufzug. Durch den Hintereingang verließ ich das Hotel. Vorne hatte sich schon eine Menschentraube versammelt. Ich überlegte, was die stellvertretende Geschäftsführerin der Polizei erzählen würde.

Vom Hotel aus ging ich ein paar Meilen zu Fuß, bevor ich ein Taxi nahm. Der Fahrer, ein Iraner, hatte im Radio von dem Unfall gehört und wollte darüber sprechen, aber dazu war ich nicht in der Stimmung. Es war noch immer früh am Nachmittag, als ich den Flughafen erreichte, der nächste Flug nach Los Angeles ging jedoch erst um sechs. Gegen sieben war ich da. Nach acht kam ich zu Hause an, und erst dann fiel mir ein, daß ich abends mit Christopher verabredet gewesen war. Er hatte zwei Nachrichten auf unserem Anrufbeantworter hinterlassen. Ich rief ihn kurz zurück und erzählte ihm, ich sei beschäftigt gewesen, es täte mir leid, ich fühlte mich nicht wohl, und wir sollten doch bitte am nächsten Tag miteinander sprechen. Er nahm die ganze Sache nett auf. Er meinte, das ginge schon in Ordnung.

Mein Vater war nicht da. Er hatte mir einen Zettel hinterlassen, auf dem stand, daß es bei ihm spät werden würde. Mit einem Glas Milch legte ich mich auf mein Bett, schaltete den Fernseher an, rollte mich zusammen und schaute – was sonst? – die Nachrichten an. Lange tat ich das nicht. Der Unfall der Fensterputzer war das Hauptthema. Interviewt wurden Jene Roe und die stellvertretende Geschäftsführerin. Keine der beiden hatte eine gute Meinung von mir. Ja, ja, Riesenüberraschung: Die Polizei war tatsächlich auf der Suche nach mir. Ich machte mir Sorgen, aber nur ein bißchen. Wenn der Taxifahrer, der mich zum Hotel gefahren hatte, bei der Polizei aussagte, würden sie wissen, daß ich mit dem Flieger in die Stadt gelangt war. Vorbeugend hatte ich deshalb nicht meinen richtigen Namen angegeben, als ich mein Flugticket buchte. Sie würden nicht auf mich kommen, entschied ich.

Und selbst wenn, würde ich es vorher in den Nachrichten erfahren und nicht da sein, wenn sie kämen. Ich lachte über die Ironie des Schicksals.

Dann weinte ich. Nie zuvor hatte ich Menschen sterben sehen. Sicher, ich hatte ein Leben gerettet, aber ich hätte alle retten müssen. Dieser Videorecorder war Segen und Fluch zugleich. Wenn ich damit weitermachte, die Nachrichten des folgenden Tages aufzunehmen, würde ich bald unter dieser Last zerbrechen. Denn jeden Tag würde ich wissen, wo sich eine Tragödie abspielen würde, und wenn ich sie nicht verhindern konnte, würde ich selbst Teil dieser Tragödie werden. Daß Mr. Roe diesmal nicht interviewt worden war, schien mir ein schwacher Trost.

Was für ein Ausdruck – diesmal. Hatte ich den Lauf der Welt für immer verändert, als ich Jene Roe rettete? Was tat ich denn hier überhaupt? Ich war doch nicht der liebe Gott. Ich konnte doch nicht entscheiden, wer leben durfte und wer nicht. Warum geschah das alles mit mir? Das mochte sich jetzt pathetisch anhören, aber ich hatte noch gar nicht daran gedacht, mir diese oder überhaupt irgendwelche Fragen zu stellen. Dafür hatte ich viel zuviel Spaß mit meinem neuen Spielzeug gehabt. Ich hatte mir keine Zeit zum Nachdenken genommen, warum es dazu gekommen war, daß ich einen Videorecorder gekauft hatte, der in die Zukunft blicken konnte. Natürlich hatte ich über das Gerät gestaunt. Wieder und wieder hatte ich mir gesagt, daß es keinen Sinn ergab, daß das Gerät eben so funktionierte, wie es funktionierte. Aber wirklich auseinandergesetzt hatte ich mich mit der Sache bisher nicht. Ich hatte den Fragen nichts ins Auge sehen wollen. Vor allem nicht der naheliegendsten.

Wann nahm der Recorder die Zukunft auf?

Wann genau?

Jemand klopfte unten an die Tür.

Außer dem Licht bei mir im Schlafzimmer war es im Haus dunkel. Ich tastete mich langsam die Treppen hinab. Was am Tag geschehen war, hatte mir einen Schreck eingejagt, und ich hatte Angst davor, an die Tür zu gehen. Ich wußte, daß sie verschlossen war und daß niemand einfach so hereinkommen konnte.

»Hallo?« rief ich von der untersten Stufe.

Der Jemand sagte nichts. Er klopfte bloß wieder.

»Wer ist da?« rief ich ein wenig lauter.

Es entstand eine lange Pause. Ich war sicher, er hatte mich gehört. Offenbar wollte er sich nicht zu erkennen geben. Kein gutes Zeichen, fand ich. Mein Vater war Priester und hatte keine Pistole im Haus. Die Polizei rufen wollte ich nicht. Schließlich suchten die mich.

Es klopfte zum drittenmal.

Mühsam beherrschte ich meine Stimme. »Ed«, sagte ich, als sei noch jemand in einem anderen Zimmer. »Warum schaust du nicht mal nach, wer an der Tür ist?«

Regungslos, ohne auch nur zu atmen, verharrte ich auf der Stelle. Gerade als ich es nicht mehr aushielt, als ich dachte, ich müsse aufschreien, bemerkte ich Scheinwerferlicht, welches durch die zugezogenen Gardinen fiel. Ich hörte den Wagen meines Vaters. Ich lauschte, wie er einparkte und zur Tür kam – ich kannte das Geräusch seiner Schritte. Im nächsten

Augenblick schloß er die Tür auf und kam herein. Zutiefst erleichtert sprang ich von der letzten Stufe und umarmte ihn.

»Rela«, sagte er begeistert. »Ich freue mich auch, dich zu sehen.«

Ich drückte ihn fest an mich. »Ich bin so froh, daß du hier bist.«

Er mußte meine Angst bemerkt haben. »Was ist passiert?«

Ich ließ ihn los. »Jemand war an der Tür. Direkt bevor du gekommen bist. Hast du ihn nicht gesehen?«

»Nein.«

»Vor ein paar Sekunden war er hier.«

»Da war kein Mensch.«

Ich schüttelte den Kopf. »Er muß weggelaufen sein, als er dich vorfahren sah.«

»Seltsam. Hast du ihn gesehen?«

»Nein. Er hat bloß geklopft.«

»Woher willst du wissen, daß es ein Mann war?«

»Es könnte auch eine Frau gewesen sein.«

»Sollen wir die Polizei rufen?«

»Nein.« Ich umarmte ihn noch einmal kurz. »Jetzt, wo du da bist, fühle ich mich sicher.«

»Bist du nicht nach San Francisco geflogen?«

Ich haßte es, ihn anzulügen, aber ich wollte nicht, daß er die Zeitung las und mitbekam, daß ich genau zu der Zeit in der Stadt war, als diese Leute zu Tode gestürzt waren. »Nein«, sagte ich. »Ich war am Strand.«

Es störte ihn nicht, daß ich die Schule hatte sausen lassen. »War es schön?«

»Ja, es war ein schöner Tag«, antwortete ich.

10.
KAPITEL

Im Dunkeln, im Inneren meiner Träume sah ich mehr. Aber ich verstand weniger.

Ich erwachte von der Operation und versuchte, mich zu bewegen, aber es gelang mir nicht. Mein Hals war geschwollen – ich wußte nicht, ob ich noch sprechen konnte. Mit großer Anstrengung öffnete ich die Augen.

Ich lag in einem Krankenhausbett, allein in einem Zimmer, das mit hochentwickelter Lebenserhaltungstechnik vollgestopft war. Aus Schläuchen tröpfelten mir bunte Flüssigkeiten in alle Körperöffnungen. In der Luft lag der Geruch von medizinischem Alkohol. Dann erinnerte ich mich wieder daran, wie sie mir das Rückgrat herausgerissen und den Schädel aufgesägt hatten. Aber Schmerzen spürte ich keine. Im Grunde spürte ich überhaupt kaum etwas. Ich wußte noch nicht mal, wer ich war, und selbst das war mir gleichgültig.

Die Zeit verging – Tage vielleicht. Weißgekleidete Menschen, Männer und Frauen, mit leerem Gesichtsausdruck und kalten Händen kamen ab und zu in mein Zimmer und richteten die Schläuche und die Flüssigkeiten, die in meinen Körper flossen. Manchmal rollten sie mich zur Seite, wechselten meinen Kittel und wuschen mich mit Seifenwasser. Aber sie schauten mir nie in die Augen, und sie sprachen nie mit mir. Und ich sprach auch nicht mit ihnen. Ich hatte keine Worte, keine Gedanken, nichts. Ich war bloß eine Masse lebendes Gewebe.

Die Zeit verging. Weil das Zimmer keine Fenster hatte, waren Tag und Nacht eins. Es gab keine Möglichkeit, die Tage zu zählen. Bald nahmen mir die namenlosen Menschen einen Schlauch nach dem anderen ab, bis schließlich keiner mehr dran war. Sie streckten meine Glieder, zogen meine Arme und Beine hin und her. Ich ließ es geschehen. Ich interessierte mich nicht für sie, und ich spürte, daß sie sich auch nicht für mich interessierten.

Sie ließen mich aufstehen und auf die Toilette gehen. Sie

hatten angefangen, mir festes Essen zu geben. Ich aß es ohne Freude. Sie ließen mich im Zimmer herumgehen, vor und zurück. Anfangs konnte ich nur ein paar Minuten gehen, bis mir die Beine weh taten und mein Herz wild pochte. Schon bald konnte ich dann immer länger üben. Die Leute, die mir dabei zusahen – manchmal waren es zwei oder drei, manchmal nur einer –, erweckten nicht den Anschein, als seien sie erfreut darüber, und es war mir auch gleich, was sie empfanden.

Nach und nach schließlich konnte ich wieder klarer denken. Spätabends war das Zimmer dunkel, und mir kamen Bilder einer jungen Frau in den Sinn, die singend durch den Wald ging. Ich sah sie am Strand in den Wellen spielen. Meistens sah ich sie, wie sie neben einem alten, grauhaarigen Mann saß und sich bis tief in die Nacht mit ihm unterhielt. Wer diese junge Frau war, wußte ich nicht, aber ich spürte, daß der alte Mann von Bedeutung war. Er war der Grund für alles, was geschah. Aber was geschah, wußte ich nicht.

Und es war mir auch immer noch egal.

Bis ich mich an das Fläschchen mit der violettfarbenen Flüssigkeit erinnerte.

Dann sah ich, daß *ich*, die junge Frau, mir selbst zwei Fläschchen mit Flüssigkeit gespritzt hatte, und nicht nur eine, wie ich es mir lange zuvor an anderer Stelle eingebildet hatte. Das grüne Fläschchen war zuerst dagewesen, aber dann kam die violettfarbene Flüssigkeit dazu. Sie sollte meine Erinnerung bewahren.

Die grüne Flüssigkeit war benutzt worden, um mich zu töten.

Erinnerung.

Ein Teil davon kehrte zurück. Meine Berufung. Mein Schicksal.

Die Geheimnisse des Universums. Jetzt waren sie mein.

Aber mein Name nicht.

Noch immer wußte ich nicht, wer ich war, obwohl es mir jetzt nicht mehr gleichgültig war.

Ich wußte, daß ich fliehen mußte. Alles wegen der violettfarbenen Flüssigkeit. Das violettfarbene Fläschchen.

Ich saß auf der Bettkante und starrte auf die Wand mir gegenüber. Die einzige Zimmertür war rechts von mir und verschlossen. Das wußte ich, ohne nachzuschauen. Aber die Tür war nicht so wichtig. Ich wußte, daß ich trotzdem rauskonnte. Wichtig für mich war das, was in der Wand war. Es war das, was in jedem Stückchen Materie im Zimmer war, in jedem Atom auf dieser Welt . . .

Die Erinnerung an alles, was jemals geschehen war.

Ich starrte die Wand an und merkte, wie ich mit ihr verschmolz. Der weiße Putz war nicht mehr länger glatt, wie er mit bloßem Auge erschien, sondern übersät und vernarbt mit Kratern und Furchen, die immer gewaltigere Dimensionen annahmen, je länger ich ihn erforschte. Ja, ich erforschte die Wand auf ihre winzigsten Elemente. Ich wußte, ich könnte sie hier finden.

Ich drang tiefer. Der Putz verschwand, und ich erkannte die Moleküle, aus denen die Wand sich zusammensetzte, Kohlenstoffatome, verbunden mit Sauerstoff und Wasserstoff in Substanzen, die die Menschheit seit Anbruch der Zivilisation benutzt hatte. In diesem Moment dachte ich an all die Menschen jenseits der Gebäudewand, hinter der ich festsaß. Eine kurze Gefühlsbewegung unterbrach mein Eintauchen in das Material. Aber ich schob sie beiseite, weil ich das, was ich getan hatte, zum Wohl der Menschheit getan hatte. Es gab keinen Grund zur Reue. Wichtig war nur, daß ich Erfolg hatte.

Die Moleküle machten dem Inneren der einzelnen Atome Platz. Elektronen pulsierten um mich herum, Neutronen und Protonen zogen mich nach vorn durch eine Spalte in der Wirklichkeit, wo alle Gefühle zurückblieben. Ich brach bis zum Atomkern durch und sah reine Energie glühen. Doch wußte ich, daß selbst dieser große Brand nur ein Geisterbild vor dem Hintergrund etwas weit Dauerhafterem war. Ich flog an den kleinsten subatomaren Partikeln vorbei, hinein in ein gewaltiges Reich schwarzen Raums. Der Raum konnte niemals erobert werden, das wußte ich. Er konnte nie älter werden. Das Universum war fast, aber doch nicht ganz leer. Es war durchdrungen von unvergänglichem Raum.

Und deshalb war auch ich unvergänglich.

Ich erreichte den Ort, den man Ewigkeit nennt.

Ein Blick über meine Schulter zeigte mir mühelos die Schöpfung. Ich befand mich mitten im Rad der Schöpfung, und jeder Zentimeter des Radkranzes war gleichzeitig sichtbar. Eine Drehung, und ich wurde dorthin gebracht, wo alles begonnen hatte. Das Wunder an allem war das unendliche Paradox. Ich war größer als das Größte, kleiner als das Kleinste.

Am Anfang gab es nichts, außer einer unglaublich dichten, unglaublich winzigen Stelle. Drumherum war nur Leere. Äonenlang beobachtete ich diese Stelle, doch weil es keine Zeit gab, vergingen die Äonen wie ein Blitz. Dann erfolgte eine lautlose Explosion des Lichts. Billionen mal Billionen subatomarer Partikel entstanden und vergingen gleichzeitig. Energie floß in alle Richtungen. Fünfzehn Milliarden Jahre später würden Kreaturen, die sich Menschen nannten, auf einem unbedeutenden, um einen gewöhnlichen Stern kreisenden Planeten dies den Urknall nennen.

Jetzt gab es die Zeit. Und eine große Zeitspanne verging, bevor die Energie so weit abkühlte, daß sich Materie bilden konnte. Ich ging denselben Weg zurück, auf dem ich gekommen war, wollte aber nicht an meinen Ausgangspunkt zurückkehren. Ich wartete und schaute, und schließlich bildete sich dieser gewöhnliche Stern, und um ihn kreiste dieser unbedeutende Planet. Zu Hause. Hierhin gehörte ich, das war mir klar. Wieder wartete ich und schaute und erinnerte mich an alles, was ich sah. Das Leben entstand, blühte auf, veränderte sich, kroch aus den Meeren, flog durch die Lüfte, ging aufrecht und wurde sich schließlich seiner *selbst* bewußt.

Aber wer war dieses *Selbst*?

Leerer Raum, natürlich. Das höchste Element.

Unsterblich.

Sonst nichts?

Eine Frage, die nur die feinfühligste Empfindung beantworten konnte.

Ich sah die ganze Geschichte der Welt, aber sie hörte vor den letzten Tagen des Menschen auf. Sie wollte ich nicht sehen, weil ich die Bitterkeit des Endes schon kannte.

Man hatte mir davon erzählt.

Ich saß aufrecht im Bett, und ein schwaches Stöhnen drang über meine Lippen. Das Licht in meinem Zimmer war an, obwohl ich mich lebhaft daran erinnerte, es ausgeschaltet zu haben. Ängstlich schaute ich mich um, aber ich war allein. Mein Kopf sank auf meine Hände, und ich fühlte den Puls an meinen Schläfen pochen.

»Ich kann diese Träume nicht mehr länger ertragen«, flüsterte ich vor mich hin. »Sie machen mich noch verrückt.«

Ein leises Klicken erklang aus der Richtung des Fernsehers. Es stammte von einer Kassette in meinem Videorecorder. Während ich schlief, hatte das Gerät aufgenommen. Merkwürdig nur, daß ich mich gar nicht erinnern konnte, es auf Aufnahme gestellt zu haben, bevor ich ins Bett ging.

Ich griff zur Fernbedienung.

Das Gerät hatte die Nachrichten von in zwei Tagen aufgenommen.

An diesem Abend war die Topnachricht . . .

Ich.

In der Ecke links oben neben dem Sprecher erschien ein Foto von mir, das mein Vater vor zwei Wochen aufgenommen hatte. Ich trug darauf meine Haare offen, sie fielen mir über die Schultern, und ich lächelte. Der Moderator sprach mit eingeübter Professionalität.

»Die verstümmelten Überreste der achtzehnjährigen Rela Lindquist wurden heute morgen im Haus ihres Adoptivvaters, Reverend Spencer Lindquist, aufgefunden. Nach Angaben der Polizeibeamten, die zuerst am Tatort eintrafen, ist ihr Körper offenbar von einem Geistesgestörten mit einer Säge und einem Hammer verstümmelt worden. Die genaue Todesursache wird derzeit durch eine Autopsie festgestellt. Mr. Lindquist gab an, daß seine Tochter einige Tage vor ihrem Tod von einem Fremden gesprochen habe, der sich in seiner Abwesenheit in der Nähe ihres Wohnhauses aufgehalten habe. Die Polizei hat bis jetzt in Zusammenhang mit dem Verbrechen keine Verhaftungen vorgenommen. Zuletzt lebend gesehen wurde Rela von ihrem Freund, Christopher Perry, wie Rela Schüler der Grover High-school. Auch er berichtete, daß Rela wegen eines Mannes besorgt gewesen sei, der sie verfolgt habe, konnte jedoch keine Beschreibung des Mannes abgeben. Allerdings gab er an, daß Rela davon gesprochen habe, der Mann sei ihr bekannt erschienen . . .«

Ich zitterte nicht. Ich weinte noch nicht mal. Als die Geschichte mit mir vorbei war, griff ich ruhig nach der Fernbedienung und schaltete Recorder und Fernseher aus. In Wahrheit war ich gar nicht überrascht. Was sonst sollte denn dabei herauskommen, wenn man an den Nachrichten herumpfuschte, wenn nicht, daß man selbst zu einer Meldung wurde? Genauer betrachtet, dachte ich, hatte ich die Vorsehung durcheinandergebracht und damit das Schicksal angekotzt. Wahrscheinlich hatte der Sensenmann ein Pensum, das er Tag für Tag erfüllen mußte. Weil ich ihm Jene Roe aus den Klauen gerissen hatte, fühlte er sich natürlich berechtigt, auf mich loszugehen.

Die verstümmelten Überreste von Rela.

Ein Fremder, der ihr bekannt erschien.

Jetzt wußte ich wenigstens, wer an der Tür geklopft hatte.

Mein Mörder.

Lange währte meine Gelassenheit nicht.

»Also gut«, sagte ich zu mir. »Ich weiß, daß ich den Tag über nicht sterben werde. Papa wird mich morgens finden. Das heißt demnach, daß ich wohl irgendwann morgen abend sterben soll, ich bin im Moment also vollkommen in Sicherheit. Das weiß ich. Und das kann ich zu meinem Vorteil nutzen. Wer mich töten wird, weiß nicht, daß ich das weiß.«

Aber stimmte das denn? Vielleicht war ja der wirkliche Besitzer des Videorecorders aufgetaucht. Vielleicht besaß er eine andere Kristallkugel. Nicht so ausgefeilt wie das, was ich hatte. Nicht mit vier Köpfen, die ihn alles in Zeitlupe sehen ließen, aber durch und durch genauso nützlich, wenn er seine Ohren dicht an die Lautsprecher hielt und regelmäßige Aufnahmen machte. Wenn er also doch wußte, was ich wußte, dann wußte er auch, wo er mich allein erwischen und mir die Eingeweide aus dem Leib reißen konnte.

Vielleicht. Es gab noch eine ganze Menge *Vielleichts.* Und *Warums.*

»Warum mußte er mich derart entstellen?« wunderte ich mich laut.

Es war drei Uhr früh. Im Moment konnte ich nichts tun, beschloß ich. Meine Pläne würde ich später am Morgen überlegen. Ich würde mit Christopher reden, ihm erklären, was passiert war, mir eine Knarre kaufen und, wenn es sein mußte, nach Australien fliegen.

»Ich werde nicht sterben«, schwor ich mir laut, als ich mich zum Lichtschalter streckte und das Licht löschte. »Diesen Mann wird es vor mir erwischen.«

Überraschenderweise schlief ich nach ein paar Minuten ein.

Fast sofort gingen meine Träume weiter.

Ich streifte allein durch die Straßen. Es war ein Sommerabend, die Sonne stand noch hoch, und es wehte eine kühle Brise, ich trug aber nur leichte Sachen. Ich schauderte, als die Luft über meine bloßen Beine strich. Ich befand mich in einer geschäftigen Stadt, soviel wußte ich, und ich mußte essen und eine Unterkunft finden. Das waren meine wichtigsten Sorgen. Das Licht am Anfang der Schöpfung war vergessen. Das bittere Schicksal der Welt war ein schlechter Traum, an den ich nicht recht glauben wollte. Immerhin wußte ich, daß ich wieder eine junge Frau war. Das war mir wichtiger als alles andere.

Ich lief stundenlang herum. Die Sonne verschwand, und es wurde kälter. Die blutunterlaufenen Augen der Obdachlosen verschwammen vor mir. Ich roch den Müll der Stadt, und dann roch ich selbst wie Müll. Ich war benommen, ausgehungert, erschöpft – wie ein Tier, das man aus dem Winterschlaf gerissen hat.

Schließlich geriet ich an eine verkehrsreiche Ecke, und ein Mann in mittlerem Alter und einem blauen Geschäftsanzug starrte mich an, als ob ich in Schwierigkeiten wäre, und damit hatte er die Lage ganz clever eingeschätzt. Ich trug bloß einen grünen Krankenhauskittel.

»Kann ich dir helfen?« fragte er.

»Weiß nicht. Wo bin ich?« waren meine ersten Worte.

»Ecke Lake und Colorado.«

»In welcher Stadt?«

Der Mann war beunruhigt. »Pasadena.«

»Wo im Land ist das?«

»Pasadena ist ein Vorort von Los Angeles.« Er trat einen Schritt auf mich zu und bot mir seine freie Hand. In der anderen trug er eine Aktentasche. Ich schüttelte ihm die Hand, und die Wärme seiner Finger tat mir gut. Es war lange her, daß ich jemanden, der sich so warm anfühlte, berührt hatte. »Ich heiße Paul Dorado. Mein Auto steht in der Nähe. Kann ich dich irgendwo hinfahren?«

Ich kramte in den Resten meiner angeschlagenen Erinnerung. Ich sah mehr Sterne als Menschen, fühlte mich den die Erde überschwemmenden Gletschern näher als den Autos, die vorbeifuhren. Aber daß er Los Angeles gesagt hatte, gab mir wieder Sicherheit. Ich war am richtigen Ort. Finden mußte ich jetzt bloß noch . . . Was mußte ich denn finden? Ich wußte nicht mehr, ob es eine Person, ein Ort oder ein Gegenstand war. Ich ließ den Kopf hängen.

»Weiß nicht«, sagte ich.

Er legte mir seine Hand auf die Schulter. Er war nett, das merkte ich. »Wie heißt du denn, Mädchen?« fragte er.

Meine Augen waren feucht. Ich wollte ihn nicht anschauen. Ich sagte das erste, was mir in den Sinn kam. »Ich bin Rela.«

»Rela. Wirklich? Rela?«

Angenehm hörte sich das Wort nicht an, aber es klang in meinem Inneren nach. In dem Wort lag Wahrheit. Ich hob meinen Kopf und nickte. »Ich bin Rela. Ich brauche Hilfe. Ich habe mich . . . verirrt.«

»Wo sind deine Eltern?«

Ich machte eine hilflose Geste. »Verschwunden.«

»Wo?«

Ich spürte, wie mir die Tränen kamen. »Ich weiß es nicht.«

Er nahm mich an der Schulter. »Das geht schon wieder in Ordnung, Rela. Ich kenne einen Platz hier in der Nähe, wo du hinkannst. Es ist ein Heim für die ganzen Leute, die ihr Zuhause verloren haben. Dort kannst du dich ausruhen und wieder auf die Beine kommen. Der Mann, dem das Heim gehört, ist Pfarrer und ein Freund von mir.« Er lachte. »Das erste, was er mit dir tun muß, ist, dir ein paar anständige Anziehsachen besorgen. Du siehst ja aus, als kämst du direkt aus einem Krankenhaus.«

»Das war kein Krankenhaus«, murmelte ich, als er mich zu seinem Auto führte. »Das war eine Leichenhalle.«

11. KAPITEL

Am Mittwoch, dem vermutlich letzten Tag in meinem Leben, wachte ich spät auf. Es war fast zwölf, als ich mich im Bett zur Uhr hindrehte. Völlig überrascht war ich nicht. Wenn ich bedachte, in welch unheimlichen Gegenden ich mich in meinen Alpträumen bewegt hatte, war ich eigentlich eher noch überrascht, daß es nicht schon Donnerstag morgen war.

Ganz konnte ich mich an die Einzelheiten meiner Träume noch nicht erinnern. Ich konnte mich nicht entsinnen, wie Paul Dorado mich zur Mission gebracht hatte, wo ich meinem Vater begegnet war. Meine Erinnerungslücken waren noch immer da. Das war nicht besonders verwunderlich, denn Träume bleiben Träume, auch wenn sie noch so provokativ sind. Ich brauchte noch Stunden, um dahinterzukommen, daß ich *wirklich ein namenloses Waisenkind war*, das in den Straßen von Pasadena in einem Krankenhauskittel aufgefunden worden war. Die allerwichtigste Frage stellte ich mir nicht.

Wer war ich?

Wo kam ich her?

Auf dem Weg zur Toilette warf ich einen Blick auf den Recorder. Ich blieb nicht stehen, um zu sehen, ob ich mich über noch mehr gute Nachrichten freuen konnte. Statt dessen zog ich den Stecker raus. Ein Wunder eigentlich, daß ich den Recorder nicht aus dem Fenster warf, wenn ich bedachte, welchen Kummer er mir seit dem Kauf eingebracht hatte. Aber ich sah natürlich ein, daß ich ihn vielleicht später noch mal brauchte, um zu sehen, ob ich noch immer ein Thema für die Nachrichten war.

Ich wiederholte meinen Schwur vom vergangenen Tag, mich nicht ungewappnet von meinem Mörder erwischen zu lassen. Ich überlegte, ob ich zur Schule gehen sollte, verwarf die Idee dann jedoch wieder. Christopher würde da sein, aber ohne ihm die Kassette vorzuspielen, würde ich ihn nicht von der Wirklichkeit dessen, was passiert, überzeugen können. Ich würde also bis nach der Schule warten müssen und dann mit der Kassette, die meinen Tod aufgezeichnet hatte, zu ihm nach Hause gehen.

Ich duschte und zog mich an. Unten fand ich einen Zettel von meinem Vater. Er schrieb, ich sei wirklich eine Schlafmütze, und er wünsche mir einen schönen Tag. Es würde ihn umbringen, mich tot aufzufinden, das wußte ich. Sie würden ihn interviewen und fragen, wie es sich für ihn anfühlte, eine Tochter zu verlieren, die er erst seit drei Monaten kannte. Dann würden sie ihn dazu befragen, warum Gott so eine Sache geschehen lassen konnte.

Aber sie würden ihn nicht fragen, warum Gott unter allen Menschen mich, die achtzehn Jahre alte Rela, auserwählt hatte, das zu verändern, was verändert werden sollte. Vage fiel mir etwas aus meinen unbewußten Exkursionen über das Schicksal und die Menschheit ein. Doch diese Gedanken, wie die anderen auch, ergaben im Wachzustand keinen Sinn mehr. Und doch erinnerte ich mich schwach an das strahlende Licht, das von dem winzigen Punkt ausging. Mitten im Schrecken hatte eine große und tiefe Schönheit gelegen. Sogar Ehrfurcht, die mich beinahe dem Mystischen nahebrachte, dem Christopher so mißtraute. Ich fragte mich, ob er wirklich derjenige war, dem ich mich anvertrauen konnte. Zweimal hatte ich es versucht, und zweimal hatte es mich blockiert.

Wußte mein Unterbewußtsein etwas, was mein Videorecorder nicht wußte?

Ich ging aus dem Haus und fuhr zum Einkaufscenter. Ich wollte unter Menschen. Auf dem Weg schaute ich ständig in den Rückspiegel. Aber wenn mein Möchtegern-Mörder mir folgte, war er clever und verriet sich nicht. Und doch, der Kassette nach mußte ich meinem Mörder begegnen, bevor er mich umbrachte, und ihn so gut erkennen, daß ich ihn Christopher als einen Bekannten beschrieb.

»Also gut«, sagte ich im Auto laut vor mich hin, »wenn ich auf jemanden stoße, auf den diese Beschreibung zutrifft, stech ich ihn auf der Stelle ab.«

Das erste, was ich mir in dem Einkaufscenter kaufte, war ein großes Schweizer Offiziersmesser. Dann holte ich mir einen Vanille-Milchshake, setzte mich ins Center und beobachtete, wie die Leute einen idyllischen Nachmittag mit Einkaufen und Bummeln verbrachten. Ich hatte zwanzigtausend Dollar in der Tasche, und mir fiel nichts ein, was ich mir hätte kaufen wollen. Außer einer doppelläufigen Schrotflinte. Der Geschäftsführer des Sportgeschäfts sagte mir, er würde mir erst eine verkaufen, wenn ich ihm meinen Ausweis zeigte. Ich überlegte, ob ich ihn bestechen sollte.

Es wurde zwei Uhr, und ich ging davon aus, daß Christopher jetzt zu Hause war. Ohne ihn vorher anzurufen, fuhr ich zu ihm. Es war niemand da. Ich hatte Angst, weil die Stunden verstrichen und ich keinen rechten Plan hatte. Ich dachte über meine Möglichkeiten nach. Ins Ausland konnte ich nicht, weil ich keinen Paß hatte. Aber das Bundesland verlassen konnte ich. Ich konnte in dieser Minute zum Flughafen fahren und eine Maschine nach Hawaii nehmen. Ich konnte ein Dutzend Orte ansteuern. Nur mußte ich mir darüber klar werden, ob es wirklich Sinn hatte, zu fliehen.

Wer war es, der mich umbringen sollte? Es mußte jemand sein, der etwas mit dem Recorder zu tun hatte, andernfalls erlebte ich gerade zufällig die übelste Woche, die ein Teenager haben konnte. Diese Person – dieser Mann, beschloß ich schließlich – *mußte* Zugang zu denselben Informationen haben, die ich auch hatte. Wenn ich davon ausging, konnte ich ihn nicht besiegen, indem ich weglief. Er würde mich finden, wahrscheinlich weit weg von den wenigen Freunden, die ich hatte. Das einzige, was mir blieb, war, mich bis zu den Zähnen zu bewaffnen.

»Rela«, sagte ich laut. Das Wort beunruhigte mich urplötzlich.

Ich ging zur Arbeit in die Bücherei. Ich weiß, das hört sich verrückt an, aber ich wußte nicht, wohin sonst. Außerdem war ich in der Bücherei ständig von Menschen umgeben. Und ich mochte meinen Job, umgeben von so vielen Büchern, so vielen Leben, so viel aus der Vergangenheit. In der Abteilung Geschichte schmökerte ich am liebsten herum, wann immer ich eine freie Minute hatte. Es war also kein besonderer Zufall, daß ich gegen sechs, drei Stunden bevor wir schlossen, in der Abteilung Geschichte stand und in einem Buch über den Bürgerkrieg blätterte, als ein glatzköpfiger Mann in engen, grauen Sportsachen auf mich zuging.

»Guten Tag«, sagte er freundlich. »Können Sie mir helfen?«

Ich schaute ihn an und machte mir nicht gleich in die Hose. Allerdings wuchs meine Angst jede Minute, das stand fest. Ich hatte Christopher den ganzen Abend nicht telefonisch erreicht. Der Mann kam mir auf den ersten Blick nicht bekannt vor. Er sah im Gegenteil nicht wie jemand aus, dem ich zuvor schon einmal begegnet war. Seine Kleidung war irgendwie anders; wenn es Joggingsachen waren, die er trug, waren sie nicht so geschnitten wie die, die man in den Geschäften fand. Sie hatten keine Nähte. Seine grauen Augen waren merkwürdig – sie leuchteten ganz ungewöhnlich. Ich blinzelte, als ich in sie hineinblickte, und klappte dann hastig das Bürgerkriegsbuch zu, das ich in den Händen hielt.

»Ja«, sagte ich. »Was suchen Sie?«

Seine Lippen verzogen sich zu einem Lächeln, doch seine Augen lächelten nicht. Er wies auf das Buch, das ich in der Hand hielt. »Ich suche ein Buch über den Bürgerkrieg«, sagte er. »Ist das nicht ein Zufall?« Er berührte das Buch leicht. »Darf ich?«

»Natürlich.« Ich ließ ihn das Buch nehmen und beobachtete, wie er die erste Seite aufschlug. »Es ist ganz gut«, sagte ich.

»Ist es genau?« fragte er.

»Nein.«

Er war interessiert. »Warum meinen Sie das?«

Ich zuckte mit den Schultern. »Ich finde, es ist so genau wie möglich. Aber ich denke, man muß selbst in der Zeit gelebt haben, um ein wirkliches Gefühl dafür zu entwickeln.«

»Zitiert das Buch nicht aus Briefen und Reden von Leuten, die in diesen Zeiten gelebt haben?« fragte er.

»Dann haben Sie das Buch schon gelesen?«

»Nein, habe ich nicht. Sie denn?«

Mir wurde bewußt, daß das nicht der Fall war. Plötzlich mochte ich diesen Mann nicht. Seine Augen ... Sie leuchteten dermaßen, als stünden sie unter Strom. Furcht befiel mich – schwach, aber dennoch real. Konnte er derjenige sein?

Aber bekannt kam er mir nicht vor. Er sah bloß unheimlich aus.

»Ich hab' es überflogen«, sagte ich und schaute plötzlich an ihm vorbei. »Entschuldigen Sie bitte, wenn Sie sonst keine Hilfe brauchen, muß ich wieder an die Arbeit.«

Als ich an ihm vorbeiging, sagte er: »Aber wenn ich Hilfe brauche, sind Sie für mich da?«

»Ich werde in der Nähe sein«, murmelte ich, ohne ihn anzuschauen.

Den Rest des Abends verbrachte ich damit, Zeitschriften zu sortieren und Christophers Nummer zu wählen. Schließlich nahm seine Mutter ab. Sie sagte, vor neun käme er nicht nach Hause, was genau die Zeit war, zu der ich Schluß hatte. Es war der helle Wahn, ich weiß es, für ein paar mickrige Dollar in der Stunde zu arbeiten, während das Leben dahinschwindet. Ständig schaute ich von hinten, ob der Glatzkopf gegangen war. Er hatte sich vorn hingesetzt – von wo er jeden sehen konnte, der ein- oder ausging –, und las das Bürgerkriegsbuch, über das wir gesprochen hatten. Es sah ganz so aus, als würde er bis zur Schließung bleiben. Ich bemerkte, daß er einen mittelgroßen Aktenkoffer neben sich auf dem Fußboden stehen hatte.

Um fünf vor neun war ich verzweifelt. Ich hatte sogar ein paarmal versucht, Stacy anzurufen, hatte aber auch sie nicht erreicht. Dann fiel mir Ed ein, und von der Auskunft holte ich mir die Nummer von Circuit City. Ich erwischte ihn bei der Arbeit.

»Ed«, sagte ich. »Hier ist Rela. Erinnerst du dich an mich?«

»Ja, klar. Wie geht's? Schön, daß du dich meldest. Und danke übrigens, daß du mich deiner Freundin vorgestellt hast. Sie ist wirklich interessant – bei ihr weißt du nie, was sie im nächsten Moment losläßt.«

»Ihr beide seht euch?«

»Ach, hat sie dir nichts davon erzählt? Sie wollte dir wohl nicht das Herz zerreißen. Wie geht es dir, Rela? Wie macht sich dein neuer Videorecorder?«

»Er verändert mein Leben auf dramatische Weise.« Ich senkte meine Stimme. »Ed, ich bin in Schwierigkeiten – und zwar in ernsten.«

»Bist du schwanger?«

»Nein. Jemand folgt mir. Im Moment bin ich bei der Arbeit, und ich bin nicht sicher, aber ich glaube, er wartet hier, bis ich zum Auto rausgehe.«

»Nimm dir jemand mit zum Auto.«

»Das mache ich. Aber dann muß ich zu mir in ein leeres Haus. Es ist Mittwoch, und mittwochs arbeitet mein Vater immer bis spät. Er hilft bei der Mission, das Essen zu verteilen. Er schläft dann oft da und kommt erst am frühen Morgen wieder.«

»Kannst du ihn nicht bei der Mission anrufen?«

»Ich will ihm keinen Streß machen.« Ich wollte ihn nicht mit hineinziehen, wollte nicht, daß er vielleicht getötet wurde, obwohl das den Fernsehnachrichten zufolge unwahrscheinlich erschien. »Ed, kannst du mir einen Gefallen tun? Kannst du zu mir nach Hause kommen und dort sein, wenn ich aufkreuze?«

»Wann fährst du nach Hause?« fragte er.

»Ich fahre hier in ungefähr zehn Minuten los, und mein Haus ist bloß zehn Minuten weg. Ich kann ein paar Minuten länger bleiben, bis meine Chefin schließt, aber lange dauert's bei ihr nicht mehr.«

Ed stieß einen Seufzer aus. »Ausgerechnet heute mußt du mit so was kommen. Ich muß bis zehn hierbleiben und dann abschließen. Sag mal, warum rufst du eigentlich nicht die Polizei?«

»Kann ich nicht.«

»Warum nicht?«

»Ich kann denen nicht erklären, woher ich weiß, daß dieser Mann gefährlich ist. Sie würden mir das nicht abnehmen. Aber er ist extrem gefährlich. Du mußt mir glauben.«

»Schon gut, schon gut«, fiel er ein. »Ich merke, daß du es ernst meinst. Hast du früher schon mal mit ihm zu tun gehabt?«

»Ja. In gewisser Hinsicht.«

»Warum mußt du denn nach Hause fahren? Fahr doch in einen Coffeeshop, der rund um die Uhr auf hat. Da ist einer nicht weit von meinem Laden, an der Ecke Madison und Parker. Da kann ich dich direkt nach der Arbeit treffen. Dann können wir über die Sache reden.«

»Das wäre 'ne Idee«, sagte ich. Nach Hause wollte ich wirklich nicht, weil dort meine verstümmelten Überreste aufgefunden werden sollten. »Dann treffen wir uns dort«, sagte ich. »Aber wenn ich nicht da bin, wenn du kommst, dann fahr direkt zu mir nach Hause.«

»Alles klar. Willst du, daß ich die Nacht über bleibe?«

»Wenn du kannst.«

Ed war platt. »Du mußt echt Muffen haben.«

Wir verabschiedeten uns, und ich legte den Hörer auf. Ein Blick durch die Tür nach vorn in den Lesesaal bewies mir, daß der Mann sich nicht gerührt hatte, obwohl Mrs. Garcia, die Bibliothekarin, die Leselampen ausgeschaltet hatte, damit die Leute fertig wurden. Ein paar Leute bewegten sich zum Schalter, um Bücher auszuleihen. Mrs. Garcia läutete am Schalter die Glocke. Wir beide waren die einzigen im Dienst. Sie bat mich, ihr bei der Abfertigung zu helfen. In dem Moment, als ich von hinten nach vorne trat, stand der Mann in Grau auf, griff mit einer Hand seine Aktentasche und ging mit dem Buch in der anderen Hand zum Schalter. Er sagte Mrs. Garcia, daß er neu in der Gegend sei und einen Ausleihausweis brauchte. Sie verwies ihn an mich. Und jetzt war ich wirklich drauf und dran, mir in die Hose zu machen. Seine

Scheinwerferaugen fixierten mich, als er auf mich zukam. Er legte das Buch auf dem Schalter ab und holte seine Brieftasche aus der Gesäßtasche.

»Ich habe einen Ausweis«, sagte er. Seine Stimme war unglaublich dünn.

»Gut«, murmelte ich und senkte meinen Blick. Er gab mir einen gültigen kalifornischen Führerschein, der einen Monat zuvor verlängert worden war. Als Adresse stand darin: North Spain Road 13557, Pasadena. Sein Name war Henry Glover, geboren am 22. November 1945 in Los Angeles. Ich drehte mich um. »Ich brauche ein paar Minuten dafür«, sagte ich.

»Lassen Sie sich Zeit«, sagte er. »Ich habe Zeit.«

Ich nicht, dachte ich. Während ich seinen Ausleihausweis fertigmachte, blickte ich nicht zu ihm hin, sondern auf das Foto auf seinem Führerschein. *Es* kam mir bekannt vor, und ich verstand nicht, warum das Bild aussah wie er, sein Gesicht selbst mir aber fremd war. Dieses Rätsel nahm mir aber in keiner Weise die Befangenheit, was ihn betraf. Mit jeder Sekunde, die verging, war ich mehr und mehr überzeugt davon, daß er der Mann war, der mich umbringen sollte.

Ich hatte seinen Ausweis fertig und ging zum Schalter zurück, um seine Ausleihe zu verbuchen. Er verfolgte jede meiner Bewegungen. Ich war so mit den Nerven am Ende, daß es ein Wunder war, daß ich den Feueralarm nicht auslöste. Als ich fertig war, wandte ich mich ab, ohne aufzusehen.

»Vielen Dank für Ihre Hilfe«, sagte er.

»Gern geschehen«, erwiderte ich leise.

»Darf ich Ihren Namen erfahren?« fragte er.

Schließlich mußte ich hochschauen. Es war fast so, als forderte er mich heraus. Ich hielt seinem festen Blick stand. »Ich heiße Rela«, antwortete ich.

»Ein sonderbarer Name. Rela. Einfach entzückend.«

»Danke, Henry«, sagte ich.

Er nahm sein Buch und seinen Aktenkoffer, der schwer aussah, den er aber ohne Mühe hochhob. »Bis später«, meinte er. Dann drehte er sich um und verließ die Bücherei.

»Kanntest du diesen Mann?« fragte Mrs. Garcia und schaute zu mir herüber.

Ich schluckte heftig. Mir war jetzt klar, daß ich nicht länger nach meinem Mörder Ausschau halten mußte. »Ein alter Freund von mir«, sagte ich.

Bevor ich die Bibliothek fünfzehn Minuten später mit Mrs. Garcia verließ, erreichte ich Christopher am Telefon. Er wollte mir erklären, warum er gerade erst eingetroffen war, aber ich unterbrach ihn.

»Kann ich zu dir kommen?« fragte ich.

»Wann?«

»Jetzt.«

»Jetzt ist nicht so gut. Meine Eltern haben beide die Grippe. Wenn du kommst, könntest du dich anstecken.«

»Das macht mir nichts. Ich muß mit dir reden. Ich muß dir eine Kassette zeigen . . .« Ich erstarrte. Ich hatte die Kassette nicht bei mir. Sie war zu Hause, in meinem Gerät, in diesem verwünschten Videorecorder.

»Was ist auf der Kassette drauf?« fragte er.

»Nachrichten. Hör zu, ich muß diese Kassette holen, bevor wir miteinander reden. Aber sie ist bei mir zu Hause, und da kann ich nicht hin.«

»Warum nicht?« fragte er.

Wieder senkte ich meine Stimme. »Ein Mann folgt mir. Ich glaube, daß er in diesem Moment auf dem Parkplatz wartet, um mir nach Hause zu folgen. Mein Vater ist nicht da. Deshalb kann ich nicht hin.«

Für eine Zeitlang war Cristopher still. »Meinst du das ernst?«

»Ja, hier ist ein Mann hinter mir her. Aber bitte sag mir jetzt nicht, ich soll die Polizei rufen. Das kann ich nicht, und bitte frage mich nicht, warum. Hilf mir einfach, okay?«

»Klar. Hast du jemanden, der mit dir rausgehen kann?«

»Mrs. Garcia. Sie geht jeden Moment.«

»Geh raus, wenn sie rausgeht, geh zu deinem Auto, und mach sofort die Türen zu. Fahr direkt hierher. Mach dir keine Sorgen wegen meiner Eltern. Wenn ich ihnen die Lage erkläre, geht das schon in Ordnung.«

»Aber ich muß das Videoband noch holen.«

»Vergiß das Band. Das können wir morgen holen.«

»Nein. Morgen ist nicht gut. Ich kann mit dir erst über das reden, was passiert, wenn du das Band ansiehst. Glaube mir, du denkst sonst, ich habe sie nicht mehr alle.«

»Wenn die Kassette so wichtig für dich ist, kann ich sie auch holen. Ich kann sie jetzt gleich holen und zurück sein, bevor du da bist.«

»Geht nicht. Das Haus ist abgeschlossen. Wir müssen uns dort treffen, und ich gebe dir den Schlüssel.«

»Komm erst mal hierher und gib mir den Schlüssel. Der Kerl muß ja nicht erfahren, wo du wohnst.«

»Oh, das weiß er schon.« Ich ging davon aus, daß er noch eine Menge anderer Dinge über mich wußte, vielleicht mehr als ich selbst. Ich fuhr fort. »Die Zeit wird knapp hier. Ich muß dir dieses Band so schnell wie möglich zeigen. Triff mich vor meinem Haus. Du bist näher dran als ich. Wenn du jetzt losfährst, bist du vor mir da. Solange du da bist, wird der Mann nichts unternehmen.«

»Wie kannst du da so sicher sein?« fragte er.

Ich hatte keine Ahnung, wo die Worte herkamen. Sie platzten einfach aus mir heraus: »Weil du zu wichtig bist.«

12. KAPITEL

Der Bibliotheksparkplatz war leer, als wir hinausgingen. Mrs. Garcia spürte, daß ich mir wegen irgend etwas Sorgen machte, aber ich vertraute mich ihr nicht an. Als ich merkte, daß die Luft rein war, rannte ich regelrecht zu meinem Auto. Ich stieg aber erst ein, als ich genau überprüft hatte, daß der Rücksitz leer war. Den einen oder anderen Horrorfilm hatte ich in meinem Leben eben schon angeguckt.

Christopher wartete draußen auf der Veranda, als ich ankam. Er stand auf und umarmte mich, sobald ich aus dem Auto raus war. »Folgt er dir?« fragte er.

»Ich weiß es nicht. Gesehen habe ich ihn nicht. Aber bei dem Kerl heißt das nichts.«

»Wer ist es denn?« fragte Christopher.

Ich rannte zur Haustür. »Seinen echten Namen kenne ich nicht. Er trägt einen falschen. Aber er ist gefährlich.« Ich hielt den Schlüssel ans Schloß und brauchte beide Hände, um ihn ins Loch zu führen. »Er hat schon jemanden umgebracht.«

Christopher war sehr erstaunt. »Das ist doch lächerlich, Rela. Wenn er dich wirklich verfolgt, mußt du zur Polizei.«

Ich schaute ihn scharf an. »Glaubst du auch nur einen Moment lang, ich bilde mir diesen Kerl bloß ein?«

Christopher ließ sich nicht durcheinanderbringen. »Nein. Ich sage nur, daß du vielleicht nicht im Bilde darüber bist, was er von dir will. Wir sollten die Polizei rufen und sie die Lage beurteilen lassen.«

Frustriert stemmte ich mir die Hände in die Seiten. »Ich habe dir gesagt, ich kann nicht zur Polizei! Wir haben es hier mit einer Macht zu tun, die anders ist als alles, was wir kennen!«

Christopher trat einen Schritt zurück. »Was für eine Macht?« fragte er.

Ich wandte mich wieder dem Schlüsselloch zu. »Du mußt dir das Band anschauen. Ich möchte, daß du es dir hier und jetzt anschaust, bevor du irgendwas anderes tust. Solange du hier bist, kommt der Mann nicht.«

»Das kannst du doch nicht wissen«, protestierte er.

»Das ist eine der wenigen Sachen, die ich weiß.«

Wir gingen rein und verschlossen die Tür hinter uns. Christopher schaute schnell im Erdgeschoß nach, um sicherzugehen, daß niemand da war. Ich rannte nach oben, um den Recorder zu holen. Mein Schlafzimmerlicht war an, was mich überraschte. Ich hatte es nicht angelassen, als ich aus dem Haus gegangen war.

Oder doch? Als ich die Nacht zuvor aufgewacht war, war das Licht auch angewesen, obwohl ich mich genau daran erinnern konnte, es vor dem Schlafengehen ausgeknipst zu haben. Gegen drei Uhr früh hatte ich dann das Band mit der Schilderung meines grauenhaftes Todes angeschaut. Dann hatte ich das Licht ausgeschaltet, war eingeschlafen und hatte geträumt, halbnackt in den Straßen von Pasadena herumzuirren.

Daß ich nun in der Nacht doch noch mal aufgestanden war und das Licht eingeschaltet hatte, war mir dann bei Tageslicht vielleicht nicht mehr aufgefallen.

»Aber warum soll ich aufgestanden sein und das Licht angemacht haben?« rätselte ich.

Aus demselben Grund, weshalb ich es zuvor schon einmal getan hatte?

Ja, jetzt erinnerte ich mich wieder, daß das Licht einmal angewesen war, als ich von einem Alptraum aufwachte, und zwar nicht nur in der vergangenen Nacht. Aber ich hatte mir meine Frage noch nicht beantwortet. Ich hatte geschlafwandelt – die Sache mit der Badewanne bewies das –, aber warum brauchte ich Licht?

Unternahm ich nachts irgend etwas?

Ich untersuchte den Recorder. Hinten baumelte der Stekker; das Gerät war nicht angeschlossen. Überprüft hatte ich das Band nicht, als ich mittags aufgestanden war, weil ich das Gefühl gehabt hatte, schon genug schlechte Nachrichten angeschaut zu haben. Außerdem hatte ich den Recorder nicht wieder neu eingestellt, nachdem ich mir meine Todesgeschichte angeguckt hatte.

Aber mein Schlafzimmerlicht war an. Ich mußte es wieder angeknipst haben, nachdem ich es ausgeschaltet hatte. Ich mußte in der Nacht noch einmal aufgewesen sein.

Ich beschloß, noch einmal einen Blick auf das Band zu werfen.

Bevor ich es Christopher zeigte.

Ich ging zur Schlafzimmertür und rief zu ihm runter: »Ich muß mal auf die Toilette! Ich bin in einer Minute unten.«

»In Ordnung!« rief er hoch.

Ich machte die Tür zu, schloß den Recorder an und hockte mich mit der Fernbedienung in der Hand vor den Fernseher. Ich spulte das Band nicht zurück. Ich spielte es von da ab, wo ich aufgehört hatte, direkt nach dem Bericht der verstümmelten achtzehnjährigen Rela Lindquist. Ich drückte auf die

Starttaste. Es erschien derselbe Sprecher, der die Nachricht meiner Ermordung verlesen hatte.

»Guten Abend«, sagte er. »Unser Thema des Tages heute . . .«

»O nein!« stieß ich hervor, und drückte die Pausetaste.

Es waren wieder die Nachrichten dran. Die von Donnerstag abend – die gleichen Nachrichten *begannen wieder von Anfang an*. Nur daß es nicht dieselben waren, weil nämlich rechts oben auf dem Bildschirmrand anstelle meines Bildes das von Christopher hing. Tot, dachte ich. Jetzt würden sie ihn statt mich erwischen. Aber ich mußte es genau wissen. Ich zitterte am ganzen Körper, und die Tränen schossen mir in die Augen, als ich erneut die Starttaste drückte.

»In Pasadena wurde heute morgen die Leiche des achtzehnjährigen Christopher Perry im Hause des Pfarrers Spencer Lindquist aufgefunden. Nach Auskunft der Polizei wurde ihm offenbar von einem sehr kräftigen Mann das Genick gebrochen. Die genaue Todesursache wird jedoch zur Zeit noch durch eine Autopsie untersucht. Mr. Lindquist gab an, die Nacht bei seiner Arbeit in einer Obdachlosenmission verbracht zu haben und erst gegen acht Uhr morgens nach Hause zurückgekehrt zu sein. Vermißt wird zum gegenwärtigen Zeitpunkt Mr. Lindquists Adoptivtochter, Rela Lindquist.« Christophers Foto wurde durch meins ersetzt. Der Nachrichtensprecher fuhr fort: »Mr. Lindquist zufolge erwähnte Rela einen Unbekannten, der sich einige Tage zuvor in der Nähe ihres Hauses aufgehalten haben soll. Es wird angenommen, daß Rela von derselben Person entführt wurde, die Christopher tötete. Die Polizei hat bis jetzt in Zusammenhang mit dem Verbrechen noch keine Verhaftungen vorgenommen. Christophers Eltern sagten aus, ihr Sohn habe am Vorabend gegen einundzwanzig Uhr das Haus verlassen, um Rela zu Hilfe zu kommen. Diese habe ihn von ihrer Arbeitsstelle in einer Bibliothek aus angerufen und ihm mitgeteilt, daß sie von einem Mann verfolgt werde. Danach sei er nicht mehr nach Hause gekommen und habe auch nicht mehr angerufen. Rela und Christopher waren beide Schüler auf der Grover High-school in Pasadena . . .«

Ich drückte die Stopptaste, ließ meinen Kopf nach vorn auf die Knie sinken und begann zu schluchzen. Meine Verwirrung war so groß wie meine Trauer. Ich konnte nicht begreifen, wie sich die Nachrichten von morgen im Verlauf von ein paar Stunden so bedrohlich verändern konnten. In einem Moment war ich weg vom Fenster und im nächsten Christopher. Welches Element des Szenarios hatte sich geändert?

Natürlich gab es nur eins.

Als die ersten Nachrichten aufgenommen worden waren, wußte ich nicht, daß ich sterben sollte. Weil ich es danach wußte und mich dementsprechend verhielt, würde jemand anderes sterben. Mit einem Schlag wurde es mir klar, und ich stand auf.

»Ich hätte Christopher heute abend nicht hierhergebracht, wenn ich nicht gewußt hätte, daß ich getötet werden sollte«, sagte ich laut.

Dieses Wissen war die große Änderung.

»Christopher!« schrie ich, während ich die Kabel des Recorders herauszog und ihn in meiner Hand hielt. Er war halb die Treppe hoch, als ich meine Schlafzimmertür aufriß. »Wir müssen hier weg«, murmelte ich.

»Was ist passiert?« fragte er.

»Das erkläre ich dir später. Du kannst nicht hierbleiben. Der Mann könnte doch herkommen.« Ich schubste ihn regelrecht die Treppe runter. »Los, wir haben keine Sekunde zu verlieren.«

Christopher faßte sich an die Stirn. Er schwitzte heftig. »Warum nimmst du dann den Recorder mit?«

»Ich brauche meinen Recorder!«

»Ich habe selbst einen«, sagte er.

»Nicht so einen wie den hier. Laß uns jetzt einfach gehen, bitte. Ich erklär' es dir im Auto.«

Wir waren im Wohnzimmer und steuerten auf die Haustür zu, als mir auffiel, daß das Wohnzimmerfenster geschlossen war. Mein Vater war ein Frischluftfanatiker. Er machte dieses Fenster nie zu, selbst dann nicht, wenn es draußen eisig war. Ich stellte den Recorder auf den Couchtisch vor das Sofa und schaute mir das Fenster näher an.

»Hier war jemand«, murmelte ich.
Christopher stand hinter mir. »Bist du sicher?«
Ich versuchte das Fenster hochzuziehen. Ich war ziemlich kräftig, aber ich konnte es nicht von der Stelle bewegen. Es war wie zugenagelt. »Ganz sicher.« Einen Moment lang starrte ich ins Leere. »Warum sollte er die Fenster zumachen?« Ich wirbelte herum. »Bist du ganz sicher, daß niemand im Haus ist?«
»Ich habe in jedes Zimmer geschaut, nur nicht in dein Schlafzimmer.«
»In meinem Schlafzimmer ist niemand.«
Christopher schwankte ein wenig nach links. »Wieso willst du dann jetzt so plötzlich hier raus?«
Ich wies auf das Band. »Wegen dem, was auf der Kassette hier drauf ist.« Ich blickte Christopher an. »Du atmest schwer. Ist dir nicht gut?«
Wieder griff er sich an die Stirn. »Es geht schon.«
Ich trat einen Schritt auf ihn zu. »Du siehst aber nicht so aus, als ginge es dir gut. Was ist mit dir?«
Er rieb sich die Augen und taumelte zurück. »Schwindlig. Kommt wahrscheinlich von dem ganzen Hin- und Hergerenne. Laß uns an die frische Luft gehen.« Er langte nach dem Recorder. »Den nehme ich.«
»Nein, ich nehm' ihn«, widersprach ich.
»Kein Problem«, sagte er und lächelte, als er sich vornüberbeugte, um ihn aufzuheben. Sein Gesicht war klatschnaß. »Habe ich dir jemals gesagt, wie toll du aussiehst, wenn du Angst hast?«
Ich mußte grinsen. »Nein, das ist süß von dir.«
Er wandte sich zu mir und küßte mich leicht auf die Lippen. »Du bist süß, Rela.«
Dann brach er bewußtlos vor mir zusammen.
»Christopher!« schrie ich.
Alle Lichter im Haus gingen aus.
»Um Gottes willen«, flüsterte ich.
Alleine, im Dunkeln. Früher hatte es mich nie geängstigt, weil ich in der Dunkelheit so gut sehen konnte. Besser als irgend jemand, den ich kannte. Aber dieses Dunkel war un-

wirklich. Es schien von innen zu kommen und gleichzeitig von außen, es schien einer Geschichte zu entstammen, an die ich mich nicht erinnern konnte. Ich ließ Christopher liegen und versuchte, das Schwarz in irgendeiner Richtung zu durchdringen, konnte aber nichts erkennen. Konzentriert versuchte ich, etwas zu hören. Mein Gehör war besser als das der meisten Menschen; ich hörte jedoch nichts. Ich wollte laut rufen, die Nachbarn herbeischreien, brachte vor Schreck jedoch keinen Laut heraus. Außerdem war mir klar, daß der Mann, der die Lichter abgedreht hatte, direkt draußen stehen mußte. Ich rannte zum Telefon und warf es beinahe um. Verzweifelt packte ich den Hörer.

Die Leitung war tot.

Meine Hand fuhr in meine Tasche.

Mein Schweizer Offiziersmesser hatte ich noch.

Jemand klopfte an die Haustür.

»Mein Gott«, flüsterte ich.

Die Tür war verschlossen. Ich brauchte nicht hinzugehen. Leise huschte ich dorthin zurück, wo Christopher gestürzt war. Ich schüttelte ihn heftig, und er bewegte sich schwach. »Christopher«, zischte ich ihm zu. »Aufwachen!«

Er war bewußtlos. Und kein Mensch hatte ihm etwas getan.

Wieder klopfte es an die Haustür.

Ich rannte zur Hintertür. Sie war von innen abgeschlossen, ging aber auch nicht auf, als ich den Riegel zurückschob. Ich hatte den Mann nicht ausgesperrt; er hatte mich eingesperrt. Das war mir jetzt auch egal. Auf keinen Fall würde ich dem Mann den bewußtlosen Christopher auf Gedeih und Verderb ausliefern.

Ich ging gerade rechtzeitig ins Wohnzimmer zurück, um den Mann ein drittes Mal klopfen zu hören. Mir wurde klar, daß das nicht ewig so weitergehen konnte. Ich war gefangen.

»Wer ist da?« fand ich meine Stimme leise wieder.

Lange Pause. Dann sagte eine Stimme – nicht ganz so wie die des Mannes in der Bücherei, vertrauter eigentlich, aber vielleicht hörte ich sie auch anders: »Ich bin's, Rela. Du mußt mich reinlassen.«

Ich ging näher zur Tür. Das Zittern war weg, aber mein Herz klopfte heftig in meiner Brust und wie Donner in meinem Kopf.

»Warum muß ich alles tun, was Sie sagen?« flüsterte ich. Wer auch immer draußen stand, er mußte ebenfalls ein hervorragendes Gehör haben. Er verstand mich ohne Mühe.

»Du kannst nirgendwo hinlaufen«, sagte er.

»Warum brechen Sie die Tür nicht auf?« fragte ich. »Ich weiß, daß Sie das können.«

»Je weniger ich tue, um so besser.«

Jetzt war ich ganz nahe an der Tür. »Versprechen Sie mir, Christopher nichts zu tun, wenn ich Sie reinlasse?« fragte ich.

Er zögerte nicht. »Ich verspreche es.«

Eine Träne lief mir über die Wange. »Werden Sie mir etwas tun?«

»Rela, die Antwort darauf kennen wir doch beide.«

»Ja«, murmelte ich, und ein Teil in mir verstand. Christopher war wichtig. Ich war entbehrlich. Ich berührte die Tür, entriegelte sie und öffnete sie. Der Mann stand völlig bewegungslos auf der Veranda; eine aus Nacht geschnitzte Statue. Nur seine Augen leuchteten. In der linken Hand trug er seinen Aktenkoffer.

»Darf ich hereinkommen?« fragte er.

Ich trat zur Seite. »Ja. Kann ich das Licht bitte wieder anschalten?«

Er nickte, als er an mir vorbeiging, und schnippte mit der rechten Hand. Sofort gingen überall im Haus die Lichter an. Mit dem Gesicht nach unten lag Christopher vor dem Sofa. Der Mann blickte zu ihm hin.

»Ist er unverletzt?« fragte er.

»Ich glaube schon. Was haben Sie mit ihm gemacht?«

»Ich habe Gas in das Haus geleitet. Es löst sich auf, während wir sprechen.«

»Deshalb sind alle Fenster zu?«

»Ja«, sagte er.

»Bei mir hat das Gas nicht gewirkt.«

»Nein. Bei mir auch nicht.«

»Was ist mit Christopher, wieso wird er davon ohnmächtig?«

Der Mann sah mich an. Er hatte noch immer seine grauen Sachen an. »Du stellst die falsche Frage.«

»Ich verstehe«, sagte ich. Wir waren es, die anders waren. Ich wies auf einen Sessel gegenüber der Couch. Der Mann setzte sich und stellte den Aktenkoffer links neben sein Knie. Ich überlegte, was darin war. Ich saß auf einem Sessel zwischen dem Mann und Christopher. Mein Beinahfreund schien wieder leicht zu atmen. »Werden Sie lange bleiben?« fragte ich den Mann.

Seine Miene wirkte gelassen. »Es wird nicht lange dauern.«

Ein Schauer lief über meinen Rücken. »Wer sind Sie?«

»Du weißt, wer ich bin.«

»Woher kommen Sie?«

»Du weißt, woher ich komme.«

Ich verstummte. Die Pupillen seiner grauen Augen waren weit. Dunkle Tunnel in ein fremdes Gehirn. »Wer bin ich?« flüsterte ich.

»Falsche Frage, Rela.«

»Das verstehe ich nicht.« Doch ich verstand, noch bevor er mit seiner rechten Hand meine linke ergriff. Ich verstand, daß es für mich kein Happy-End geben konnte, weil ich von Anfang an verflucht gewesen war. Willig reichte ich ihm meine Hand, zuckte aber zurück, als er sie umschloß. »Wird es weh tun?« wimmerte ich leise.

»Es gibt viele Arten von Schmerz in diesem Universum«, sagte er und zog an meinem Ringfinger, in den ich mich Samstag auf meiner Party geschnitten hatte. Ich trug noch immer meinen Verband, aber den nahm er in einer einzigen Sekunde ab. Dann – und das war für mich sehr beunruhigend – nahm er mehr ab als den weißen Mull. Ich schaute näher hin und bemerkte, daß er mir die Haut abzog. Er riß sie wirklich Stück für Stück ab, als sei sie aus Wachs. Seltsamerweise verspürte ich keinerlei Schmerz, und es blutete auch nicht besonders. Doch hatte der Mann völlig recht, wenn er sagte, daß es viele Arten von Schmerz im Universum gab. Ich verspürte einen großen Schmerz, wie ich ihn noch niemals zuvor erlebt hatte, als ich auf die Stelle in meinem Finger schaute, von der die Haut entfernt worden war und dort nur Kupferdraht und silbernes Metall sah. Nichts sonst.

Nichts Lebendes.

»*Was* du bist«, korrigierte er. »Das ist die Frage. Du bist ein RELA. Ein *R*obotertechnik-*E*xperimentier-*L*ogistischer-*A*lgorithmus. Früher einmal hast du einen anderen Namen gehabt.« Ich starrte auf das übel zugerichtete Fleisch meines Fingers, auf den unversehrten Schaltkreis, und ich brauchte mich nicht zu fragen, warum ich nicht weinte. Ich begriff, daß meine Tränendrüsen nichts als ein Schalter waren und daß ich beschlossen hatte, ihn nicht zu betätigen.

»Ich verstehe«, flüsterte ich.

»Ja.« Er holte etwas, das wie eine Strahlenpistole aussah, aus seiner Hosentasche und richtete sie auf mich. »Ich muß dich jetzt vernichten, und es wird mir, obwohl das nicht logisch ist, eine gewisse Befriedigung verschaffen, zu wissen, daß du mit funktionierendem Gedächtnis gestorben bist.« Er zielte mit der Waffe auf meinen Kopf. »Erinnerst du dich an den Namen Sara?«

Ich schloß die Augen. Der Schock hatte meine Erinnerung wachgerufen. Ich spürte das violettfarbene Fläschchen in der Hand; ich sah es. Für eine Sekunde waren die Geheimnisse des Universums mein. Selbstverständlich konnte ein Roboter in einem einzigen Moment Billionen Datenbits verarbeiten.

Ich erinnerte mich an alles, und es war kein Traum.

»Ja, Großvater«, sagte ich. »Du hast mir diesen Namen gegeben.«

13. KAPITEL

Ich wurde im Jahre 2036 geboren, in einer Stadt, die man Los Angeles nannte. Meine Familie war verhältnismäßig wohlhabend, und als ich fünf war, konnte sie aus der Stadt und ihrem Smog wegziehen. Wir zogen in ein Städtchen namens Humboldt, nördlich von San Francisco. Ich wuchs dort in dem auf, was von den Redwoodwäldern übriggeblieben war. Das Meerwasser dort war besonders, sagte mir meine Mutter. Wir konnten ohne Schutzanzug den Strand entlanglaufen. Mit der Zeit lernte ich dort schwimmen, und das war eine Sache, die ich toll fand. Riesige Reinigungsanlagen seien gebaut worden, um das Meer zu säubern, erklärte mir meine Mutter, und um es wieder in den Zustand zu bringen, in dem es gewesen war, bevor die Menschen es verseucht hatten.

Zwischen meinem sechsten und meinem zehnten Lebensjahr besuchte uns oft mein Großvater. Er war berühmt und hatte den Nobelpreis erhalten, und er brachte mir immer Spielzeug mit und nannte mich sein Lieblingsmädchen. Das gefiel mir, obwohl ich ja wußte, daß ich sein einziges Enkelkind war. Besonders toll fand ich die Puppen, die er mir mitbrachte. Sie konnten gehen, sprechen, essen – sie taten viele Sachen auf meinen Befehl. Er baute sie selbst, in seinem Labor – die Regierung wußte nicht über alles Bescheid, was er dort betrieb. Niemand wußte es, noch nicht mal meine Mutter.

Großvater nannte sich selbst den heiligen Nikolaus, weil er sich als so etwas wie den Weihnachtsmann betrachtete. Das war sein besonderes Ego, sagte man mir. Egal, was es war: Für mich war er wirklich wie der Weihnachtsmann. Er war gerne bei mir, sprach mit mir über die Sterne, die Bäume, das Meer. Er brachte mir Klavierspielen bei, was er selbst ganz wunderbar beherrschte, und wir unternahm morgens und abends lange Spaziergänge in den Bergen. Einmal erzählte er mir, ich erinnerte ihn an ein Mädchen, das er gekannt hatte, als er noch jung war; aber den Namen dieses Mädchens nannte er nie, und seine Stimme klang traurig, wenn er von ihr sprach. Ich überlegte, ob sie wohl seine Frau gewesen war, die Mutter meiner Mutter, denn ich wußte, daß diese kurz nach der Geburt meiner Mutter gestorben war. Meine Mutter erklärte mir, daß es nicht so war und daß auch sie den Namen des Mädchens nicht kannte.

Dann ging mein Großvater fort und kam erst ein paar Jahre später wieder. Allerdings rief er manchmal an, immer an Feiertagen und an meinem Geburtstag, und sprach mit mir. Er schickte mir auch Geschenke, aber sie stammten aus Geschäften und konnten nicht mit den Puppen mithalten, die er in seinem Labor gebaut hatte. Wenn wir miteinander sprachen, erzählte er mir nie, an was er eigentlich arbeitete, außer daß es sehr wichtig sei.

Ich wurde größer, und aus mir wurde ein Teenager. In der Welt geschahen gute und schlechte Dinge, vor allem schlechte. In Europa gab es Krieg, Atombomben wurden eingesetzt, und viele Menschen starben. In den Nachrichten hieß es, Europa sei wie der Nahe Osten zum radioaktiven Ödland geworden. Aber der Krieg hörte schnell wieder auf, und die meisten Wissenschaftler waren der Meinung, daß nur wenig Strahlung unseren Teil der Erde erreichen würde. Der Wiederaufbau Europas begann – langsam.

Die Wirtschaft der Vereinigten Amerikanischen Länder fiel in eine tiefe Krise, und dreißig Prozent der Menschen verloren ihre Arbeit. Überall standen die Menschen in langen Schlangen nach Lebensmitteln an, und den Bauern in der Mitte des Kontinents blieb nur wenig unverseuchtes Land für die Landwirtschaft. Auch ein großer Teil der Nahrung, die sie anbauten, war verseucht, und neue Virusarten, die resistent gegenüber medizinischer Behandlung waren, befielen die Menschen.

Schließlich gab es auf unserer Mondkolonie eine Explosion, und mit einem Schlag war die gesamte Kolonie ausgelöscht. Die Regierung ließ verlauten, daß sie die Raumfahrt für den Rest des Jahrhunderts aufgeben würde.

Diese Katastrophen berührten meine Familie nur am Rand. Mein Vater behielt seine Stelle als Ingenieur in einer Fabrik, die neue Plastiksorten herstellte, und wir hatten genug Geld, um auf dem Schwarzmarkt bessere Lebensmittel zu kaufen als die in den Regierungsläden. Obwohl mir dies nie jemand sagte und ich mich auch nicht traute, danach zu fragen, vermutete ich, daß das Gehalt meines Vaters mit Schecks von meinem Großvater aufgebessert wurde.

Die einzig gute Sache in diesen Zeiten war eine weltweite humanitäre Organisation, die so ähnlich funktionierte wie die Vereinten Nationen, die aber kleiner und einflußreicher war. Sie hieß *Neues Leben*, und ihren Kern bildeten hingebungsvolle Männer und Frauen, die bereit waren, die Probleme der Welt anzugehen und zu lösen. Die Leute von *Neues Leben* waren in allen Bereichen der Gesellschaft zu finden, und sie rekrutierten Freiwillige und sammelten Gelder, um die Menschheit wiederaufzurichten. Wo sie hinkamen, hatten sie sofort Erfolg. Ihre Wissenschaftler beispielsweise – sie hatten ein Team der brillantesten Leute zusammengestellt – lösten das Problem der Pestizide, und in nur drei Jahren entdeckten sie Chemikalien, die den Auswirkungen jahrzehntelangen Mißbrauchs von Düngerzusätzen entgegenwirkten.

Neues Leben nahm sich kleine afrikanische Länder vor, die seit ihrer Unabhängigkeitserklärung bankrott waren, und stellte sie wieder auf ein stabiles finanzielles Fundament. Von allen Teilen der Welt nahm Afrika die Hilfe von *Neues Leben* am schnellsten an und profitierte am meisten davon. Nicht viel später wandte sich auch der Rest der Welt dieser bemerkenswerten Organisation zu, um sich von ihr inspirieren zu lassen.

Aber was genau war *Neues Leben*? Die Medien diskutierten endlos über diese Frage. Nach außen bestand *Neues Leben* schlicht aus Tausenden von Menschen, die anderen Menschen halfen. Ihr Vorstand mußte sich aus außergewöhnlich wohlhabenden und intelligenten Leuten zusammensetzen. Doch diese zogen es zumeist vor, anonym zu bleiben. Gleichzeitig, und das war das Paradoxe, schien die Gruppe in der Lage zu sein, ganze Regierungen dazu zu bringen, sich ihrer jeweiligen Vision von dem zu fügen, was als nächstes geschehen sollte. Es klang gefährlich, bedrohlich, war es aber nicht, weil die Maßnahmen von *Neues Leben* immer positiv verliefen. Dann war da noch die Tatsache, daß *Neues Leben* keinen einzelnen Führer hatte, und das zerstreute die meisten Ängste der Regierungen auf der Welt. Es gab keine einzelne allmächtige Person, die wirklich gefährlich werden konnte.

Jedenfalls schien es so, bis ich achtzehn war und mein Großvater plötzlich auf der Türschwelle stand.

In acht Jahren war er um zwanzig Jahre gealtert. Seine wenigen Haare waren jetzt total weiß. Ein stattlicher Mann war er nie gewesen, aber nun war er abgemagert. Die größte Veränderung lag jedoch in seinen Augen. Immer waren sie ausdrucksstark, war ihr Blick kraftvoll gewesen, und nun wirkten sie wie ausgebrannte Bildröhren. Er kam an einem Nachmittag zu uns, als meine Eltern nicht da waren, ließ sich neben mir auf die Couch sinken, lächelte und fragte mich, wie es mir ginge. Gut, sagte ich ihm, und legte meine Hand auf seine faltige Stirn. Da fing er an zu zittern, und seine Augen schwammen plötzlich in Tränen.

An jenem Nachmittag erzählte er mir nicht alles über seine Beziehung zu *Neues Leben*. Aber er verbrachte die kommenden sechs Wochen bei uns und erholte sich langsam wieder. In dieser Zeit kam ich dahinter, wieso die neue Hoffnung der Menschheit in Wirklichkeit ihre tödlichste Bedrohung war. In einer Reihe längerer Gespräche, die wir während seiner Genesung führten, meistens spätabends in dem behelfsmäßigen Zimmer, das meine Mutter ihm im Keller eingerichtet hatte, gab er mir sein Wissen preis. Es mag sich merkwürdig anhören, daß er sich mir eher anvertraute als seiner eigenen Tochter. Mein Großvater hatte mich zwar acht Jahre lang nicht gesehen, doch er kannte mich. Seine Gene hatten sich unverfälscht auf mich übertragen. Er wußte, daß ich seine Intelligenz und seine Kreativität geerbt hatte. Vielleicht begriff er auch, daß ich nicht an den gleichen Ängsten litt wie er.

Unser erstes Gespräch fand eine Woche nach seiner Rückkehr statt. Er erzählte mir von seiner ersten Liebe, von Physik und von seiner Suche nach der endgültigen Theorie.

»Einstein arbeitete an einer vereinheitlichten Feldtheorie, bevor er starb«, sagte er. »Du hast davon bestimmt in deinen Geschichtsbüchern und Wissenschaftsbüchern gelesen, Sara. Seitdem haben eine Menge Wissenschaftler daran gearbeitet, aber keiner hatte vollen Erfolg. In der Natur gibt es vier Grundkräfte: elektromagnetische Kräfte, schwach radioaktive Kräfte, stark radioaktive Kräfte und die Schwerkraft. Von diesen vieren war die Schwerkraft immer die, die in bezug auf die anderen am schwierigsten zu definieren war. Das lag wohl daran, daß sie die grundlegendste ist. Bedenke einmal, wie sich die Galaxien, die Sterne und die Planeten gebildet haben. Riesige Gaswolken trieben überall herum, und es war die Schwerkraft, die sie zusammenbrachte, die aus ihnen etwas machte, das die anderen Kräfte entstehen ließ. Ohne Schwerkraft hätte es keine Kernfusion gegeben, und ohne diese wiederum hätten keine Sterne die ausgedehnten Bereiche des Raums erleuchtet. Es ist die Fusion, die Licht erzeugt, und es ist Licht, das die Thermodynamik aller Systeme erzeugt. Alle chemischen Reaktionen auf diesem Planet können auf die Schwerkraft zurückgeführt werden. Wie das Leben selbst.

Ich wollte die endgültige Feldtheorie entwickeln, die erklären soll, wie alles mit allem verbunden ist. Ich glaubte – aus Unkenntnis oder aus Einsicht –, daß ich es sein würde, der dies entdecken sollte. Aber mit der Zeit, mit einem Fehlschlag nach dem anderen, gelangte ich zu dem Schluß, daß eine solche Theorie überhaupt nicht formuliert werden kann, weil unsere Untersuchungsmöglichkeiten des Inneren der Materie begrenzt sind. Diese Aussage magst du merkwürdig finden. Ich war ein weltberühmter Wissenschaftler. Mir standen die größten und leistungsfähigsten Nuklearbeschleuniger zur Verfügung, Computer, Teleskope und was ich sonst noch brauchen mochte, um eine von mir aufgestellte Theorie zu bestätigen oder zu widerlegen. Doch ich merkte bald, daß diese Instrumente für meine Suche nach Wahrheit allesamt nutzlos waren.

Als die Zeit der Wissenschaft anbrach, begannen wir, die Materie zu erforschen und zu entdecken, aus was sie bestand. Schnell begriffen wir, daß es Moleküle gab und daß diese Moleküle aus Atomen bestanden. Dann entdeckten wir, daß Atome sich aus Elektronen und Protonen und Neutronen zusammensetzten und daß es in deren Innerem weitere subatomare Partikel gab, Mesons, Quarks und so weiter. Wir entwickelten ständig anspruchsvollere Instrumente, um in die feineren Ebenen der Schöpfung hineinzuschauen, aber ganz gleich, welche Ebene wir freilegten, es gab stets noch eine weitere unter ihr. Eines Tages überlegte ich: Wer sagt uns eigentlich, daß es nicht eine unendliche Abfolge von Schichten gibt?

In erster Linie war ich Physiker, aber ich war fasziniert von einer Substanz, mit der sich kein Physiker meiner Zeit befaßte: vom Denken. Woraus das Denken bestand. Es muß aus irgend etwas bestehen, dachte ich. Wir alle erleben es. Wir reden endlos darüber. Unsere gesamte Zivilisation war ein Ergebnis des Denkens. Und doch behaupteten die meisten Physiker, daß das Denken nichts war, daß es auf quantitative Art gar nicht existierte. Doch meine Gedanken über das Denken ließen mich nicht mehr los, und ich wandte meine volle Aufmerksamkeit dem Rätsel seiner Herkunft zu.

Ich fing an, das Gehirn ernsthaft zu untersuchen. Was ich herausfand, war, daß bei allem Fortschritt, den die Neurologie und die ihr verwandten Disziplinen darin gemacht hatten, Karten dessen zu erstellen, welcher Teil des Gehirns welchen Ausdruck des Denkens beeinflußte – Gefühle wie Wut, Lust, die Eigenschaft zur Entscheidungsfindung und so weiter –, niemand je hatte erklären können, was ein Gedanke wirklich ist, und niemand zu sagen wußte, ob ein Gedanke irgend etwas mit der äußeren Umwelt zu tun hat. Für mich war dies aber eine bedeutende Frage. Beeinflußt das Denken die Materie? Kann es das? Ohne Erfolg suchte ich jemanden mit übersinnlichen Fähigkeiten, der vor meinen Augen einen Löffel verbiegen konnte. Je mehr ich forschte, desto mehr schien es mir, als sei das Universum dort draußen und unsere Träume hier drinnen eingesperrt, und daß die beiden sich niemals *direkt* begegnen würden. Ich betone das Wort direkt, weil unsere Gedanken ganz offensichtlich unseren Planeten verändert haben und nicht immer oder zumindest nicht oft zum Besten. Aber kann das Denken einen Baum erreichen? Kann das Denken ein Atom erreichen? sinnierte ich.

Ein neues Wissenschaftsgebiet wurde zu dieser Zeit sehr populär. Es nannte sich Genetische Technologieforschung, oder kurz GTF. Es war ein Ableger der Gentechnik, die, wie du weißt, mit Leben auf der Zellebene experimentiert. GTF arbeitete auf ähnliche Art und Weise, war aber bemüht, Biologie und Technologie miteinander zu verbinden. Ein Forscher der GTF würde fragen: Warum denn ein Gen bloß mit dem anderen zusammenbringen? Warum es nicht in ein paar

Mikrochips hineinrühren? Man kann sagen, denke ich, daß GTF der erste Versuch war, das Lebende mit dem Nichtlebenden zu verschmelzen. Diese ganze Angelegenheit faszinierte mich, und ich ging ihr neben meinen anderen Interessen nach.

Aber erst, als ich einem Mann namens Arthur Hapshaw begegnete, kam ich mit GTF weiter, als irgendein passionierter Hobbyforscher gekommen wäre. Er war wohl bis vor zehn Jahren der führende GTF-Mann. Es war ihm gelungen, einen kristallinen Computerchip mit dem genetischen Material einer befruchteten Affeneizelle zu verbinden – in einer Versuchsröhre. Ich will damit sagen, der Fötus des Affen wurde in einer künstlichen Gebärmutter aufgezogen, und der Mikrochip bestimmte die Richtung. Ich merke, es interessiert dich, Sara, was für ein Affenbaby dabei herauskam. Ich will mal so sagen: Dieser Affe würde gegen die meisten Mädchen deines Alters bei einer Partie Dame gewinnen.

Hapshaw hatte eine Spezies Leben mit einem direkten mikrotechnologischen Eingriff erweitert. Wahrscheinlich weißt du auch schon, welchen Schritt er danach machen wollte – ein Experiment an einem menschlichen Fötus. Glücklicherweise oder unglücklicherweise räumte ihm die Regierung diese Handlungsfreiheit nicht ein. Frankensteins Monster wurde also in Hapshaws Labor nie geboren.

Aber er war ihm doch gelungen, mit seinem Erfolg eine Tür aufzustoßen. Er hatte entdeckt, daß Technologie direkten Einfluß auf Intelligenz nehmen kann und daher auch auf das Denken selbst. Die Regierung gab ihm die Erlaubnis, mit hirntoten Patienten zu experimentieren. Dies waren Menschen – bestimmt kannst du dir ihren bedauernswerten Zustand vorstellen –, die Unfälle erlitten hatten, bei denen ihre höheren Gehirnfunktionen zerstört worden waren, die aber organisch noch lebten. Hapshaw züchtete in Versuchsröhren menschliche Gewebemasse und führte auf Zellebene seine Mikrochips ein. Er versuchte so, Energie und Reproduktionsfähigkeit der Zellen zu verstärken. Er hatte schnell Erfolg. Bald injizierte er die Gewebeproben direkt in die zerebrale Gehirnrinde von Patienten, die seit Jahren im Koma lagen. Dann geschah ein Wunder. Einer dieser Patienten erwachte und fing an zu sprechen. Dann noch einer, dann noch einer.

Ich merke, du bist hundertprozentig bei der Sache, Sara. Ich kann mir vorstellen, was du denkst. Wurden die Menschen, die erwachten, supermenschliche Denkmaschinen? Nein, in Wirklichkeit blieben die meisten von ihnen ziemlich langsam, obwohl einige ihre normale Denkfähigkeit zurückerlangten. Das sollte dich nicht überraschen, und es überraschte auch uns nicht. Oh, ich habe vergessen zu erwähnen, daß ich zu dieser Zeit bei Hapshaw fest angestellt war. Es war schon eine Veränderung für mich von der Physik zur GTF. Aber du weißt ja, ich war immer schon an allem interessiert, und ohne angeben zu wollen, verfüge ich in Chemie, Biologie wie auch in Computertechnologie über das Wissen, das einem Doktortitel entspricht.

Jedenfalls hatten wir bis dahin nur versucht, beschädigte Gehirnbereiche mit unserer neuen Technologie zu stimulieren. Wir hatten noch nicht versucht, das Gehirn als Ganzes zu stimulieren. Das konnten wir auch nicht – dachten wir zumindest. Dafür würden wir nie die Erlaubnis erhalten, selbst nicht an Patienten im Koma. Wer könnte vorhersagen, welche Auswirkungen das haben würde?

Aber natürlich waren wir neugierig. Mit Begeisterung sprachen wir spätabends darüber. Was würde passieren, wenn wir ein normal funktionierendes menschliches Gehirn mit Hirngewebemasse überfluteten, deren Kapazität durch die Einführung von Mikrochips in ihre DNA-Ketten verstärkt worden war? Es schien endlose Möglichkeiten zu geben.

Allzu verführerisch.

Hapshaw versuchte es zuerst an sich selbst. Ein wohl unausweichliches Experiment für jeden echten Wissenschaftler. Natürlich ließ er mich nicht wissen, was er vorhatte, aber Verdacht hatte ich sehr wohl geschöpft. Aus diesem Grund war ich auch nicht sonderlich überrascht, als ich eines Abends zur Arbeit kam und auf dem Boden unseres Labors seine Leiche fand . . .«

»Was war mit ihm passiert?« unterbrach ich.

Mein Großvater stieß einen Seufzer aus. »Er hatte sich mit einem Revolver in den Kopf geschossen.«

Ich war entsetzt. »Warum?«

Mein Großvater zuckte mit den Schultern. »Er hatte einen Abschiedsbrief hinterlassen. Einen einzigen Satz. Er lautete: *Innen ist alles leer.* Er bezog sich auf das, was er in seinem erhöhten Zustand gesehen hatte. Hapshaw hatte wohl die Einsamkeit keinen Spaß gemacht.«

Ich wartete darauf, daß mein Großvater weitererzählte. Als er es nicht tat, stellte ich ihm die Frage, von der ich wußte, daß er auf sie wartete. »Du hast versucht, deine eigene Gehirnkapazität zu erweitern?«

»Ja.«

»Was ist passiert?«

»Viele Dinge.«

»Erzähl es mir.«

Wieder seufzte er. »Das kann man nicht in Worte fassen.«

»Versuch es, bitte!«

Doch er war erschöpft. »Morgen vielleicht.«

Erst einen Monat später sprach er über das, was geschehen war. Bis dahin hatte sich sein Gesundheitszustand verbessert, und er hatte an Gewicht zugelegt. Wieder saßen wir abends allein in seinem Zimmer.

»Ich möchte, daß du eine klare Vorstellung von dem erhältst, was ich mit mir gemacht habe, denn es ist unmöglich für mich, dir die Auswirkungen genau zu beschreiben«, sagte er. »Mit Hilfe einer speziellen Spritze entnahm ich meinem Gehirn Zellen. Diese Zellen züchtete ich dann in einer Versuchsröhre, so daß sie lange genug lebten, damit ich einen mikrochirurgischen Eingriff an ihnen vornehmen und Millionen molekularer Computerchips mit der DNA der Zellen verbinden konnte. Du weißt, daß DNA die Funktion jeder einzelnen Zelle unseres Körpers kontrolliert. Im wesentlichen befahlen nun diese Mikrochips der DNA, härter und länger zu arbeiten. Das ist eine plumpe Vereinfachung, aber besser kann ich es dir nicht erklären, ohne mich in komplizierten GTF-Fachausdrücken zu verzetteln.

Ich konnte Hapshaws eigene Aufzeichnungen zu Rate ziehen, und obwohl er nach seinem Experiment Selbstmord begangen hatte, hatte ich keine Bedenken, in seine Fußstapfen zu treten. Ich war der Meinung, daß sich Hapshaw umgebracht hatte, weil der Blick in eine höhere Wirklichkeit seine Erwartungen zunichte gemacht hatte. Ich aber hatte gar keine Erwartungen. Habe ich erwähnt, daß Hapshaw gläubiger Buddhist war? Wohl nicht. Noch heute weiß ich nicht, ob das etwas zu bedeuten hatte. Ich war davon überzeugt, daß die verstärkten Gehirnzellen Hapshaw nicht physisch geschadet hatten. Andernfalls hätte ich keinen Selbstversuch unternommen. Was ich sagen will, ist dies: Er drehte einfach durch, weil er emotional nicht genug gefestigt war. Ich selbst hatte im Leben schon einiges durchgestanden, dachte ich, vor allem, seit deine Großmutter gestorben war. Ich fühlte mich gefestigt.

Schließlich verabreichte ich mir die Spritze mit stimulierten Gehirnzellen. Zuerst passierte nichts. Ich ging nach Hause und schlief den Schlaf des Gerechten. Die einzige Veränderung war die, daß ich eine Menge von meiner Kindheit träumte, vor allem von einem Mädchen, das ich kannte ... ach, vergiß es. Ich bemerkte also keine Veränderung an mir.

Aber das war ja zu erwarten gewesen. Die Zellen mußten erst mal mit meinen anderen Gehirnzellen zusammenarbeiten und sich vermehren. Das dauerte einige Zeit, etwa eine Woche. Dann bemerkte ich Änderungen in meiner Wahnehmung.

Bitte verzeihe mir im voraus. Die Erfahrungen, von denen ich dir jetzt berichte, müssen sich anhören wie die eines Menschen, der unter dem Einfluß eines Halluzinogens steht. Ich war in meinem Labor, aß ein Käsesandwich und erlebte, wie unglaublich köstlich der Käse schmeckte. Die Konsistenz des Brotes in meinem Mund zog meine ganze Aufmerksamkeit auf sich. Dann spürte ich, wie die Butter in meinem Mund zerlief und mir die Kehle hinunter bis in den Bauch glitt. Es war ganz so, als könnte ich in das Innere meines Körpers schauen und mitbekommen, wie die einzelnen Organe auf das, was ich gerade zu mir genommen hatte, reagierten. Es hört sich albern an, aber es schien, als hätte jedes Organ meines Körpers – mein Magen, meine Gallenblase, meine Leber – seine eigene Wahrnehmung davon, was ich zu Mittag aß. Damit will ich sagen, mein ganzes zentrales Nervensystem wurde unglaublich sensibel. Und das war erst der Anfang.

Von da an nahmen die Veränderungen dramatisch zu. Ich lernte Dinge kennen, die nicht aus der Erfahrung meiner fünf Sinne stammen konnten. Zum Beispiel starrte ich ein Holzstückchen an, und in meiner Vorstellung dehnte es sich ständig aus, als untersuchte ich es unter einem Weitwinkelmikroskop. Ich konnte die tatsächliche Molekularstruktur des Holzes erfassen. Nun wissen wir ja, daß dies physikalisch unmöglich ist. Das menschliche Auge kann solch winzige Dimensionen nicht wahrnehmen – unter keinen Umständen. Zunächst nahm ich an, es handle sich um Halluzinationen. Doch dann ließ ich einen Assistenten das Holz unter einem Elektronenmikroskop untersuchen, und er bestätigte mir genau die Anordnung von Molekülen, die ich bereits gesehen hatte.

Offenbar sah ich diese Dinge nicht mit eigenen Augen. Hier war ein anderer Bereich der Wahrnehmung im Spiel. Etwas in mir, auf meiner erhöhten Gehirnfunktionsebene, und etwas in dem Holzstückchen hatten sich miteinander verbunden. Ich fragte mich: War es möglich, daß dieses Etwas schon immer dagewesen war, ich aber nie das Rüstzeug gehabt hatte, es aufzuspüren? Merkst du, was ich getan habe, Sara? Ich stellte und beantwortete gleichzeitig eine der ursprünglichsten Fragen, die mich mein ganzes Leben über geplagt hatte. Dieses Etwas war *Denken*. Auf irgendeine Art war mein Denken mit dem Holzstückchen verbunden. Nur daß das Holz selbst keine Gedanken besaß.«

»Das verstehe ich nicht«, unterbrach ich ihn.

»Ich kann deine Verwirrung begreifen. Hier versagen die Worte. Laß es mich anders versuchen. Meine erweiterte Gehirnkapazität erlaubte mir, tief in die Struktur der Materie hineinzublicken, tiefer noch, als moderne Geräte dies ermöglichten. Der Grund dafür lag darin, daß ich für meine Forschungen ein genaueres Instrument benutzte. Ich benutzte das Denken selbst. Das Denken war so rein, daß es nie auf einer fotografischen Platte abgebildet, nie auf einer Waage gewogen, nie von einem Lineal gemessen worden war; das Denken war so fein, daß die Physiker sogar behaupteten, es existiere nicht.

Als nächstes fragte ich mich: Welche Energie stand hinter dem Denken? Es war keine der vier Grundkräfte der Natur. Ich beschloß, sie als fünfte Art von Energie anzusehen. Tatsächlich betrachtete ich sie in der Folge als fundamentalste Energie von allen, weil sie in allem zu stecken schien. Das mag sich wie ein Glaubenssprung anhören, wie die Phantasien eines Hobbymystikers. Aber schau: Wie sonst konnte ich mir erklären, daß ich die Probe einer unbekannten Chemikalie entnahm, sie untersuchte, in sie *hineinglitt*, dabei erkannte, um was es sich bei ihr handelte, und diese Erkenntnis später dann auch noch von unabhängiger Seite bestätigt bekam? Mittels einer sonderbaren Wissenschaft *nahm ich Verbindung auf* mit den Chemikalien. Ich sah sie, ohne meine Augen zu benutzen. Ich erkannte sie, ohne ein anderes Werkzeug dafür zu benutzen als meinen eigenen Verstand.

Wo sollte das alles hinführen? Es konnte nur in eine Richtung gehen, in feinere und immer feinere Ebenen der Materie. Ich verbrachte einen Großteil meiner Zeit damit, mit geschlossenen Augen dazusitzen und die Dinge um mich herum zu erforschen, in sie hineinzugehen, sie von innen heraus zu verstehen. Meine Forschungsreise in die Wirklichkeit hatte eine meditative Wendung genommen. Aber ich meditierte, wie es kein Yogi tat, über den ich je etwas gelesen hatte. Mein Denken stieß tiefer als der aufwendigste Atomzertrümmerer, der je gebaut worden war. Schließlich erkannte ich die Quantenebene der Materie: Neutronen, Protonen, Elektronen. Ich war ein wandelndes Labor. Ich spürte Mesonen und Quarks. Und ich begann zu begreifen, daß es unter alldem noch etwas gab, etwas, das sich unter keinen Umständen zu verändern schien. Ich war überzeugt, das Grundmaterial des Universums entdeckt zu haben, das eine, aus dem alles andere geschaffen ist.«

»Was war es?« fragte ich.

»Raum.«

»Aber Raum ist doch gar nichts!« warf ich ein.

Das Lächeln meines Großvaters war traurig. »Mir fiel Hapshaws Abschiedsbrief wieder ein: *Innen ist alles leer.* Er war dorthin gekommen, wo ich nun angelangt war, und es hatte ihn in Schrecken versetzt. Aber ich, na ja, ich glaubte ja an gar nichts, und deshalb war ich auch nicht enttäuscht, als ich gar nichts fand. Ich hatte entdeckt, daß das endgültige Element, das, aus dem sich alles entwickelt hat, im wesentlichen das Nichts ist.«

Ich mußte kichern. »Aber das ergibt doch keinen Sinn.«

Mein Großvater blieb ernst. »Es ist die einzige Sache, die überhaupt Sinn ergibt. Jenseits des Kleinsten vom Kleinen muß das Nichts sein. Aber ich möchte mit dir nicht über die philosophische Seite sprechen. Es reicht zu sagen: Wenn ich Gott gesucht hätte, wäre ich enttäuscht gewesen, daß niemand zu Hause war, als ich anklopfte.

Und doch entdeckte ich etwas Bemerkenswertes in diesem Nichts. Etwas, mit dem mein Verstand sich verbinden und das er auf eine gewisse Weise begreifen konnte. Ich entdeckte, daß das Universum niemals etwas vergißt.«

»Was bedeutet das?« wollte ich wissen.

»Auf der feinsten Ebene, in diesem Raum jenseits der kleinsten subatomaren Partikel, erinnert sich die Schöpfung an alles, was sie jemals gewesen ist. Ich benutze das Wort *erinnern* der Einfachheit halber. Das Muster der Vergangenheit ist in jedem Punkt, in allem gegenwärtig.«

»Das verstehe ich immer noch nicht.«

Mein Großvater beugte sich zu mir und strich mir über die Haare. »Ich weiß noch, wie du ein Baby warst. Weißt du, daß ich an dem Tag da war, als du geboren wurdest?«

»Mutter hat es mir erzählt. Sie sagte, du hast mir meinen Namen gegeben.«

Mein Großvater lehnte sich in seinem Sessel zurück. In den letzten Tagen hatte er besser ausgesehen, aber plötzlich schien er wieder alt und dem Tod nahe. Er schloß die Augen und holte tief Luft.

»Ich erlangte die Fähigkeit, in die Vergangenheit zu schauen.«

Ich war höchst erstaunt. Doch ich zweifelte nicht an dem, was er sagte. »In die ganze Geschichte?«

»Ja.«

»Wie weit zurück?«

»Ganz zurück, bis an den Anfang der Zeit.«

»Du konntest alles sehen?«

»Ja.«

»Kannst du das immer noch?«

Er nickte schwach. »Ja.«

»Wie ist es mit der Zukunft?«

»Die Zukunft ist noch nicht geschehen. Wie kann sich das Universum an sie erinnern?«

»Gute Frage. Aber du hast meine nicht beantwortet.«

Er öffnete die Augen und schaute mich an. Ich saß zu seinen Füßen, ganz der getreue Student. Es war eine Beziehung, die nicht von Dauer sein konnte.

»Ich stellte fest, daß ich unterschiedliche Abläufe der Zukunft sehen konnte«, sagte er. »Die wahrscheinlichste zeigte sich in meinem Bewußtsein als klare Linie. Die unwahrscheinlichste schwebte am Rand – Geister, in Nebel gehüllte Tunnel. Sehen konnte ich diese Abläufe in der Zukunft, aber ich konnte sie nicht berühren. Verstehst du, Sara?«

Ich nickte. »Die Vergangenheit hatte mehr Substanz, weil sie einmal gewesen war. Die Zukunft hatte keine, weil sie vielleicht niemals sein würde.«

»So ist es.«

»Was geschah, als du in die Vergangenheit schautest?«

»Ihr geschah nichts. Sie wurde durch mich nicht beeinflußt. Aber das Universum erinnerte sich ganz genau daran, wie die Dinge gewesen waren. Es kam mir vor, als wäre ich wirklich dabei.«

»Zurück in der Zeit?«

»Ja. Ich hatte die einzige Zeitmaschine entdeckt, die es überhaupt geben konnte. Den Schlüssel zu den Datenbanken des Universums.«

»Du warst da? Zurück in der Zeit?«

Er schaute mich merkwürdig an. »Körperlich, meinst du? Natürlich nicht.«

»Was hast du gesehen, als du in die Zukunft geschaut hast?«

Er wandte sich ab. »Ich sagte dir doch, es gibt eine Menge möglicher Zukunftsabläufe.«

Ich richtete mich auf und legte meine Hand auf sein Knie. »Aber einige sind wahrscheinlicher als andere, sagtest du. Was hast du gesehen? War sie gut? War sie schlecht?«

Für einen Moment nahmen seine Augen einen glasigen Ausdruck an, so, als schaue er gerade jetzt in die Zukunft. Was auch immer er dort gesehen hatte, war – das wußte ich – zuviel für ihn gewesen.

»Was ich zuerst sah, war tragisch für uns alle«, sagte er. »Aber das überraschte mich nicht. Der Mensch ist sich selbst immer schon der größte Feind gewesen.« Er hustete. »Aber vielleicht hätte ich die Dinge so belassen sollen, wie sie waren. Es gibt Tragödien und Tragödien.«

»Was hast du getan?«

»Sara«, sagte er, und aus seiner Stimme klang ein leiser, aber dadurch erst recht beängstigender Ton von Verzweiflung. Jetzt war es so weit, daß er mir wirklich Angst einflößte. Ich ergriff seine alten Hände und spürte, wie sie zitterten.

»Was hast du getan?« fragte ich sanft.

»Ich wollte, daß es besser wird«, sagte er.

»Das verstehe ich. Erzähl.«

»Es gab mehr Kriege, Seuchen, Umweltkatastrophen. Das konnte ich alles sehen, in allen möglichen Zukünften. Es gab wirklich nicht ein einziges wahrscheinliches Szenario, das nicht mit Elend vollgestopft gewesen wäre. Ehrlich: Du kannst dir keine Vorstellung davon machen, wie grauenhaft es werden würde. Ich mußte einfach einen Versuch unternehmen, es zu verbessern. Das verstehst du doch, Sara, oder?«

Ich lehnte mich zurück. Ein Frösteln durchlief meinen Körper. Ich war ihm so ähnlich, daß ich schon wußte, worauf er hinauswollte, bevor er es mir überhaupt erzählt hatte.

»Du hast in die Zukunft geschaut und etwas aus ihr mitgenommen«, sagte ich.

Meine Eingebung überraschte ihn nicht. »Etwas Technologisches, ja. Falls es hier in unserer Zeit angewandt werden könnte, bevor die Menschheit erneut in Barbarei versinkt, würde ihr großes Leid erspart bleiben, dachte ich.«

»Welche Technologie genau hast du denn gestoh ... genommen?«

Ihm war nicht entgangen, welches Wort ich zuerst hatte benutzen wollen. »Ich entdeckte die Entwürfe einer Denkmaschine. Einer Maschine, die logisch denken kann wie ein menschliches Wesen. Eine mechanische Schöpfung mit Bewußtsein. Die Entwürfe zeigten mir die Richtung, so dachte ich, in die die Menschheit steuern muß.«

Endlich bekam ich das Bild zusammen. »Etwa einen Roberter?« fragte ich.

»Ja. Einen Schritt in diese Richtung hatte ich schon getan, als ich die Mikrochips in mein Gehirn injiziert hatte.« Er zuckte mit den Schultern. »Das andere war bloß der nächste Schritt.«

»Bloß? Kannst du das etwas genauer erklären?«

Er merkte, daß mir seine Art, einen solchen Schritt so herunterzuspielen, nicht besonders gefiel, aber er konnte das einfach hinnehmen, weil er wußte, daß ich ihn liebte. Ich glaube, für meinen Großvater war meine Liebe zu ihm sehr wichtig.

»Das mechanische Gehirn der weit entfernten Zukunft konnte ich nicht bauen«, sagte er. »Die Technologie jener Gesellschaft gab es hier bei uns einfach noch nicht. Aber das nächstbeste konnte ich tun. Mein Blick in die Zukunft hatte mir genug Kenntnis dafür verschafft, ein menschliches Nervensystem mit einem mechanischen Körper zu verschmelzen, einem Körper, der Langlebigkeit und Produktivität des betreffenden Nervensystems bedeutsam verbessern konnte.«

»Du hast herausbekommen, wie man einen Cyborg herstellt?« Ich wußte schon seit Jahren, was das war: eine Mischung aus Mensch und Maschine.

»Ja.«

»Hast du einen hergestellt?« fragte ich.

»Ja.«

»Mit einem menschlichen Nervensystem als Basis?«

»Ja.«

»Hat er funktioniert?«

»Nur zu gut.«

»Konnte der Cyborg in die Vergangenheit und in die Zukunft schauen?«

»Ja.« Er holte Luft. »Und mehr als das.«

»Was mehr?« fragte ich.

»Er konnte wirklich zurück in die Vergangenheit«, sagte mein Großvater. Ein paar Sekunden lang hing diese Enthüllung in der Luft wie die Klinge einer Guillotine. Doch dann schloß Großvater die Augen und schien innerhalb weniger Sekunden in seinem Stuhl einzunicken. Sein eigenes, leises Schnarchen weckte ihn wieder auf, und er murmelte: »Ich muß jetzt schlafen. Den Rest erzähle ich dir später.«

Ich stand auf, um zu gehen. »Versprochen?«

»Versprochen, Rela.«

Ich blieb stehen. »Wie hast du mich genannt?«

Er war dabei, in seinem Sessel einzuschlafen. »Ach, nichts. Gute Nacht, Sara. Ich hab' dich lieb.«

»Ich hab' dich auch lieb, Großvater.«

Unsere letzte lange Unterhaltung hatten wir am folgenden Tag auf den Anhöhen des Waldes, von wo wir auf das Meer blicken konnten. Nach dem Mittagessen waren wir dorthin gegangen. Es war ein sonniger, heller Tag, und der Gestank des verseuchten Meeres war kaum wahrzunehmen.

»Erzähl mir mehr«, sagte ich.

»Das größte Problem bestand darin, ein geeignetes menschliches Nervensystem zu finden, aus dem ich einen Cyborg herstellen konnte«, sagte er. »Natürlich konnte ich nicht mit einer normalen, gesunden Person experimentieren. Ich mußte jemanden finden, der klinisch gehirntot war, dessen Körperfunktionen aber noch intakt waren. Die Arbeit mit Hapshaw hatte mir Kontakte mit Ärzten gebracht, die Koma-Patienten betreuten. Aber meine Anforderungen waren jetzt noch strenger als zu der Zeit, als wir mit der Kapazitätserweiterung beschädigter Bereiche des menschlichen Gehirns experimentiert hatten. Ich suchte nach dem schier Unmöglichen. Ich brauchte einen Patienten, dessen Gehirn seinen oder ihren Tod verursacht hatte, konnte aber wiederum nicht mit dem Gehirn arbeiten, das zu stark beschädigt war. Ich brauchte ein Gehirn, das ich tausendmal stärker machen konnte als mein eigenes – und das sich später auch in einen eigenen Körper einpflanzen ließ.

Gleich zu Beginn muß ich darauf hinweisen, daß ich Vorsichtsmaßnahmen ergriff, damit mein Cyborg niemals außer Kontrolle geriet. Ich stellte ihn her, um der Menschheit einen Dienst zu erweisen: Er sollte unser aller endgültiger Diener werden. Er war geschaffen, um uns gemeinsam mit anderen seiner Art über die Hürden der Zukunft zu geleiten. Dazu war er imstande, weil er die Hürden unserer Zukunft vorhersehen konnte. Kernstück seiner Programmierung war der Befehl, die Menschheit vor Leid zu schützen. So einfach war das. Dieser Grundsatz war in jedem einzelnen seiner Schaltkreise verankert. Damit war es für ihn unmöglich, wegzulaufen und Schaden anzurichten. So hatte ich mir die Sache vorgestellt.

Schließlich stieß ich auf einen jungen Mann, dessen Körper durch medizinische Geräte am Leben gehalten wurde, der aber gestorben war, und zwar im Grunde an einem kleineren Gehirnschlag im Hypothalamusbereich. Dieser Bereich liegt unten im Gehirn, und wie du weißt, liegen die höheren Denkfunktionen in der zerebralen Hirnrinde, also relativ weit weg vom Hypothalamus. Sein Gehirn war beschädigt, und er wäre niemals mehr aufgewacht, aber sein EEG zeigte an, daß der Großteil seines zentralen Nervensystems noch immer intakt und funktionstüchtig war.«

»Wie hieß der Mann?« fragte ich.

»Das habe ich nie erfahren. Ich wollte es auch nicht wissen. Er hatte schon eine ganze Zeit im Koma gelegen. Seine Familie hatte ihn der Obhut des Staates übergeben. Ein rechtmäßiger Todesschein war auf ihn ausgestellt. Er war ein Nichts, und genau in diesem Sinne betrachtete ich ihn auch. Es gab da noch ein paar juristische Formalitäten, durch die ich durch mußte, aber schließlich bekam ich ihn, genauer gesagt, das, was von ihm übriggeblieben war. Ich konnte das mit ihm tun, was ich tun wollte. Bevor ich ihm Gehirn und Rückenmark entnahm, spülte ich sein System mit einer Lösung namens THC durch – Theroinhydroxidkarbonit. THC neutralisiert die Chemikalien, die in den Gehirnzellen für die Erinnerung verantwortlich sind.«

»Du wolltest sichergehen, daß er keinerlei Erinnerung mehr daran hatte, wer er einmal gewesen war?« fragte ich.

»Genau. Ich ging ganz allein an diese bedeutsame Aufgabe. Allerdings ließ ich ein Team von Wissenschaftlern den Cyborgkörper für mich konstruieren. Sie arbeiteten gerne für mich, weil ich sie ständig mit Fähigkeiten aus der Zukunft versorgte. Aber laß mich dir nochmals sagen, daß wir nie eine Maschine von der Komplexität des menschlichen Gehirns hätten konstruieren können. Ich allein war es, der Gehirn und Rückenmark in das integrieren mußte, was die anderen Wissenschaftler für mich gebaut hatten. Jahrelang arbeitete ich Tag und Nacht, schlief nur wenig. Das sieht man mir wohl an.«

»Man sieht dir eine Menge an«, sagte ich. »Und eine Menge anderes sieht man nicht.«

»Endlich hatte ich meine Aufgabe erfüllt, und der erste Cyborg erwachte. Ich nannte ihn Sam, und er war ein Wunderwerk. In sein Gehirn waren Computerchips sowohl in Molekulargröße als auch in Standardgröße eingepflanzt, um seinen Zustand und sein Wachstum zu stimulieren. Im Kern seines Systems befand sich ein Gerät, das Gehirnwellen produzierte. Sein Bewußtsein war ein Meer perfekt fließender Wellen. Er erwachte unwissend, doch er erwachte mit einem Bewußtseinspotential, genialer als alle unsere Gehirne. Er lernte außerordentlich schnell.

Sam sah aus wie eine Maschine. Das tut er bis zum heutigen Tag. Aber er besaß mehr Herz als die meisten Menschen, die ich kenne. Das sage ich im übertragenen Sinne, denn sein Herz bestand aus einer im Labor hergestellten Pumpe. Aber du verstehst, was ich sagen will. Es dauerte nicht lange, bis Sam sprechen und gehen konnte und fleißig jede Aufgabe erfüllte, die ich ihm stellte. Sofort wollte er mir helfen; er wollte jedem helfen. Aber wobei sollte er mir helfen? Die Antwort lag auf der Hand. Ich mußte eine fortgeschrittene Version dessen konstruieren, was ich geschaffen hatte. Ich mußte einen Cyborg konstruieren, der draußen in der Gesellschaft funktionierte und nicht als das erkannt werden konnte, was er war.«

»Hatte Sam wirklich überhaupt keine Erinnerung an das, was vorher gewesen war?« fragte ich.

»Überhaupt keine. Ich bekam noch ein Gehirn, mit dem ich arbeiten konnte. Dieses Mal war es ein junges Mädchen, und mit Sams Hilfe machte ich mich daran, einen zweiten Cyborg zu konstruieren. Ich muß dir hier gleich etwas sagen: Meine Selbstversuche hatten meine Intelligenz erheblich erhöht, aber verglichen mit Sam war ich ein Kind. Im wesentlichen war er es, der Susan konstruierte. Ich schaute bloß zu.«

»Susan?« fragte ich.

»So nannten wir sie. Das war Sams Idee.«

»Sam hatte Ideen?«

»Ja.«

»Also lebte er auch«, sagte ich.

»Das ist es, was ich dir die ganze Zeit sagen will. Er lebte mehr als du oder ich. Doch Susan ließ Sam veraltet wirken. Sie sah wirklich beinah aus wie ein Mensch. Sam hatte auf dem Gebiet der Hautübertragung und Gewebeerneuerung hundert Jahre überflogen. Sobald Susan einsatzbereit war, übernahm sie die Leitung und machte sich noch menschenähnlicher. Doch hatte auch sie die Veranlagungen Sams. Sie war da, um der Menschheit zu helfen, ihr zu dienen. Dafür hatte ich sie ja konstruiert. So nahm die Entwicklung ihren Lauf.«

»Du hast immer neue Generationen von Cyborgs konstruiert, und jede war ihrer Vorgängerin überlegen?«

»Ja, außer daß ich jetzt mit der Entwicklung wenig zu tun hatte. Mit den Fertigkeiten meiner Geschöpfe konnte ich nicht Schritt halten. Bald beaufsichtigte ich das Programm nur noch. Wir kamen schnell voran. Es entwickelten sich Cyborgs, die äußerlich nicht von menschlichen Wesen zu unterscheiden waren.

Unser größtes Problem war der Mangel an geeigneten menschlichen Nervensystemen. Die Cyborgs gingen überall auf der Welt auf die Suche nach Kandidaten. Langsam, aber stetig vergrößerten sie ihre Anzahl auf vierzig. Etwa zu dieser Zeit traten sie als Gruppe an mich heran, um die Organisation *Neues Leben* zu gründen, die der Menscheit dienen sollte.«

»*Sie traten an dich heran?*« fragte ich.

»Ja. Du betrachtest sie noch immer nicht als denkende Wesen, Sara, aber ich sage dir, sie können eine millionmal schneller denken als wir. *Neues Leben* war von Beginn an ihre Schöpfung. Ich erinnere mich noch, wie ich lachte, als sie mir erzählten, wie sie sich organsisieren, wachsen und die Probleme der Welt lösen würden. Es kam mir vor, als sollten all meine Anstrengungen schließlich Früchte tragen. Ich gab ihnen die Erlaubnis weiterzuarbeiten.«

»Ohne deine Erlaubnis hätte sie nicht weitergearbeitet?« fragte ich.

»Nein.«

»Fragen sie dich immer noch um Erlaubnis, wenn sie Entscheidungen fällen?«

Er zögerte. »Die Antwort ist kompliziert. Ich muß weitererzählen.«

»Nein, sag es mir jetzt. Ich muß wissen, wer bei *Neues Leben* den Ton angibt. Diese Gruppe wächst und wächst.«

»Ja, ja«, sagte mein Großvater hastig. »Aber die Kernzahl der Cyborgs ist noch immer klein. Viele von ihnen sind nicht notwendig. Man darf nicht zu viele Führer haben, sonst bekommt man gar nichts mehr getan.«

»Wer entscheidet bei *Neues Leben*?« fragte ich.

»Wir.«

»Wir? Du hast immer noch das letzte Wort bei den Dingen?«

»Nicht wirklich. Wir entscheiden gemeinsam . . . irgendwie.«

»Großvater!«

»In den meisten Angelegenheiten stimmen wir überein. Bloß in einer Sache sind wir nicht einer Meinung.«

»Und die wäre?«

»Bevor ich dir darauf antworte, mußt du erst wissen, daß ich seit dem Cyborgprojekt nicht mehr in die Zukunft schaute. Ich hatte keine Zeit dafür, und vor allem dachte ich, daß ich es nicht tun dürfte: Wenn ich gesehen hätte, daß ich scheitern würde, hätte ich aufgeben müssen, bevor es überhaupt losging. Kannst du damit etwas anfangen?«

»Du hast dir darüber Sorgen gemacht, daß schon die Kenntnis deines Scheiterns dich wirklich scheitern lassen würde?«

»Ja. Ob das so stimmt oder nicht, weiß ich nicht. Jedenfalls hatte ich das Gefühl, daß ich nicht bei jeder Entscheidung meine übernatürlichen Kräfte nutzen durfte. Sonst hätte die Zukunft, egal, was ich dort sah, meine Entscheidung beeinträchtigt. Tut mir leid, Gespräche wie dieses jetzt werden immer kompliziert, weil wir es hier mit Ursache und Wirkung zu tun haben, und wenn du in die Zeit reist, ist es schwierig zu sagen, wo das eine aufhört und das andere beginnt. Es reicht wohl, wenn ich sage, daß ich mich entschieden hatte, der Menschheit freundliche Wächter an die Seite zu stellen, und daß ich hoffte, alles würde gutgehen.«

»Das hört sich schwach an«, sagte ich.

Die Bemerkung traf ihn. »Ich wollte nur erklären, warum ich es für einen Fehler hielt, andauernd zu überprüfen, welche Wirkung mein Werk haben würde.«

Ich sprach vorsichtig: »Könnte es noch etwas anderes gewesen sein? War es vielleicht einfach so, daß du es nicht wissen wolltest, weil du Angst vor dem Scheitern hattest?«

Für einen Augenblick schwieg mein Großvater. »Vielleicht hatte ich wirklich Angst, aber ich bin mir nicht sicher, wovor. Zu meiner Rechtfertigung konnte ich mit eigenen Augen das Wohl dessen sehen, was ich tat. Sam, Susan und die anderen konnten den Menschen in eine Richtung lenken, von der er nie geträumt hätte, hätte es nur ihn allein im Universum gegeben. Darüber hinaus überwachten Sam und Susan die Zukunft, und sie sagten mir, fast das ganze Leid der zukünftigen Menschheit würde durch unser jetziges Handeln ausgelöscht. Ich glaubte ihnen. Das mußte ich ja auch. Sie waren gar nicht in der Lage zu lügen.«

»Hat einer von ihnen sich in die Vergangenheit gewagt?« fragte ich. »Du hast neulich davon gesprochen.«

»Sam tat das, bloß einmal, als Experiment. Er kehrte schnell wieder zurück, und wir hielten es beide für zu gefährlich, um es noch einmal zu versuchen, denn wir fürchteten, Veränderungen auszulösen, die Einfluß darauf nehmen würden, daß Sam überhaupt jemals geschaffen wurde. Und dann hätte er aufgehört zu existieren. Dann hätte er nicht wieder an seine Arbeit gehen können und ... die potentiellen Möglichkeiten waren unvorhersehbar. Soweit ich weiß, sind alle Cyborgs in der Lage, sich durch perfekten Zugriff auf den Speicher eines bestimmten Zeitpunkts in die Vergangenheit zu versetzen; ein Zeitpunkt, dessen Daten im Gefüge des Raums gespeichert liegen. Aber keiner von ihnen tut es.«

»Dem Wesen nach können sie sich alle irgendwohin zurück in die Zeit hineindenken?«

»Das stimmt.«

»Auf irgend etwas willst du hinaus, Großvater. Es muß mit der Zukunft zu tun haben. Ich weiß es einfach, du hast doch noch einmal hineingeschaut, seit du dich vom Projekt zurückgezogen hast. Warum sagst du mir nicht, was geschehen wird?«

»Ich wollte es dir nicht sagen, bevor ich dir nicht erklärt habe, wie all das andere geschehen ist. Aber jetzt, nachdem ich das getan habe, sollst du es ruhig erfahren. Vor allem, um dir das zu erzählen, bin ich hergekommen.«

Jetzt schien plötzlich die Zeit stillzustehen. »Was wird geschehen?«

Er hob einen Zweig vom Boden auf. Einen Moment lang spielte er damit herum und brach ihn dann plötzlich in der Mitte durch. »In der Zukunft gibt es keine Menschen mehr«, sagte er.

»Was?«

»In tausend Jahren wird *Homo sapiens* auf diesem Planeten ausgestorben sein.«

Ich war fassungslos. »Werden uns die Cyborgs ausrotten?«

»Nein. Sie werden Roboter sein, keine Cyborgs wie jetzt, komplette Denkmaschinen ohne menschliche Teile. Sie werden uns nicht direkt vernichten. Es ist eher so, daß wir *sie* werden. Wir werden zu Maschinen.«

»Freiwillig?«

»Ja. Man könnte auch sagen: zwangsläufig.« Er blickte hinaus auf das Meer. »Sam gelang mir zu gut. Er war darauf programmiert, menschliches Leid zu beenden. Als er Susan schuf, übertrug er ihr die gleiche Programmierung. Sie wiederum gab der nächsten Generation von Cyborgs entsprechende Instruktionen. Wenn schließlich die Roboter die Erde bevölkern, werden sie die Ururenkel von Sam und Susan sein, und sie werden unsere ergebensten Fürsorger sein. Sie werden ohne Unterlaß daran arbeiten, jedes nur denkbare menschliche Leid zu beenden. Mit diesem Wunsch gibt es bloß ein Problem.«

»Menschsein bringt immer Leid mit sich«, sagte ich.

Mein Großvater schaute mich anerkennend an. »Das hast du schon gewußt, bevor ich es dir sagen konnte. Ich selbst kam erst dahinter, nachdem ich alles durchlitten hatte. Du erstaunst mich, Sara.«

»Mehr als Sam und Susan?« fragte ich und haßte den bitteren Unterton, der sich in meine Stimme mischte. Aber ich konnte nicht anders.

Mein Großvater war ein brillanter Mann, ein liebenswerter und großzügiger Mensch, aber er hatte mit der Zukunft der Menschheit gespielt, ohne irgend jemanden zu Rate zu ziehen. Er hatte gespielt und verloren. Er senkte den Kopf, und seine Stimme war gebrochen.

»Man kann nichts mehr tun«, sagte er. »Es ist alles zu spät.«

»Das ist doch lächerlich. Du hast gesagt, die Zukunft hat keine Substanz. Wir können die Dinge ändern. Du hast doch bestimmt eine Zukunft gesehen, in der es die Menschheit noch gibt?«

»Nein.«

»Nicht mal eine unwahrscheinliche Zukunft?« fragte ich entsetzt.

»Nicht mal eine einzige. Nicht mal auf dem verschwommenen Rand des Beinah-Unmöglichen. Ich weiß, warum das so ist. Was einmal in Bewegung gesetzt ist, kann nicht wieder angehalten werden. Die Cyborgs sprechen noch immer mit mir. Sie fragen mich um meinen Rat. Sie tun alles, was ich von ihnen verlange, außer einem.«

»Außer was?«

»Sie zerstören sich nicht. Nicht weil sie darauf programmiert wären, sich selbst zu schützen. Sie würden ihr Leben gerne dafür geben, wenn sie damit Menschen schützen könnten. Sie zerstören sich nicht, weil sie davon ausgehen, daß ihre Anwesenheit notwendig für die Menschheit ist. Verstehst du? Sie sind zu freundlich.«

»Sie können aber doch bestimmt die gleiche Zukunft sehen wie du?«

»O ja, das tun sie. Sie sehen sie noch deutlicher als ich.«

»Dann müssen sie auch erkennen, daß sie abtreten müssen, wenn wir überleben sollen.«

»Wie überleben? Sie betrachten unsere schrittweise Entwicklung zu mechanischen Geschöpfen nicht als teuflisch. Sie betrachten sie als notwendig, als Weg des geringsten Schmerzes. Wenn ich es dir doch sage, sie wollen nur unser Bestes.«

Ich kam mir vor wie in einem Alptraum gefangen. »Aber wir werden doch nicht mehr die sein, die wir sind. Wir werden Maschinen sein. Niemand will eine Maschine sein. Es geht mir nicht in den Kopf, daß sich eine Rasse so etwas freiwillig gefallen läßt.«

»Weil du nicht erkennst, welchen Einfluß die Cyborgs in vielen Jahrhunderten gewinnen werden – und was es bedeutete, wenn sie offen in der Gesellschaft arbeiten. Ich nenne dir ein Beispiel. Nehmen wir mal an, du bist Studentin, und du bewirbst dich gemeinsam mit einem anderen Studenten um eine Stelle. Dieser andere Student hat jetzt aber das getan, was ich getan habe: Er hat molekulare Mikrochips in die DNA seiner Gehirnzellen integriert. Er ist schneller, phantasievoller, und sein Gedächtnis ist untrüglich. Ansonsten aber unterscheidet sich diese andere Person kaum von dir. Sie lacht und erzählt Witze. Du glaubst, sie ist ein Mensch, und sie ist auch ein Mensch. Nach und nach wirst du dahinterkommen, daß du die gleichen Vorteile haben willst wie der andere, weil du Schritt halten möchtest. Auch du würdest dir deine Gehirnkapazität erweitern lassen.«

»Nein, würde ich nicht. Ich würde mich kein bißchen zu einer Maschine machen.«

»Ich akzeptiere deine entschlossene Haltung. Aber werden deine Kinder und deine Enkelkinder auch so entschlossen sein? Wenn sie älter sind, wird das Geheimnis von *Neues Leben* jedem bekannt sein, und mehr und mehr Menschen werden sich mehr und mehr mechanischer Kapazitätserweiterung bedienen, um ihr Leben zu bereichern. Das mächtigste Argument dafür, ein Cyborg zu werden, haben wir noch gar nicht genannt: Sie altern nicht.«

»Sie sind unsterblich?«

»So weit würde ich nicht gehen. Wenn man sie auf eine Bombe setzt, kann man sie natürlich zerstören. Nach einer gewissen Zeit verschleißen sie auch. Aber dann können sie sich selbst reparieren. Überall werden die Menschen auf sie neidisch sein. Das, was sie haben, werden die Menschen auch haben wollen. Die Menschen werden für immer leben wollen.«

»Aber dann werden sie doch gar keine Menschen mehr sein!«

»Wo willst du die Grenze ziehen? Ich bin ein Mensch, obwohl ich in meinem Kopf Teile habe, die in einem Labor entstanden sind. Nur wenige Menschen werden über Nacht zum Cyborg werden wollen. Mit der Zeit jedoch ist es unausweichlich, daß wir mechanisierter werden. Die Menschheit wird aussterben.«

»Und alles, weil du Sam geschaffen hast.«

Er hörte den Vorwurf in meiner Stimme. »Ich kann nicht in der Zeit zurückgehen und ihn wieder ungeschaffen machen.«

»Kann man sie nicht alle zusammenbringen und vernichten?«

»Nein. Daran habe ich schon gedacht. Dazu sind sie zu schlau. Im besten Fall könnte ich eine Handvoll von ihnen zerstören. Rächen würden sie sich an mir nicht, selbst wenn ich eine so drastische Maßnahme ergreifen würde, aber sie wüßten es so zu arrangieren, daß ich ihnen nicht noch einmal etwas antun könnte.«

»Es muß einen Weg geben.«

»Es gibt keinen.«

»Wir können die Regierungen auf der ganzen Welt alarmieren! Du sagst, ihre Zahl ist klein. Gemeinsam kommt die Welt bestimmt gegen sie an.«

»Du unterschätzt sie. Sie wären uns immer zehn Schritte voraus. Und ich habe dir schon erklärt, daß es nicht funktionieren kann. In keiner einzigen möglichen Zukunft, die ich angeschaut habe, gibt es Menschen, und ich habe sie alle angeschaut. Es gibt nichts, was wir heute oder morgen oder in fünf Jahren tun könnten, um das aufzuhalten, was *Neues Leben* begonnen hat. Es ist vorbei, im Guten wie im Schlechten.«

»Wie kannst du so etwas sagen: im Guten wie im Schlechten. Es gibt kein Gutes. Was du angerichtet hast, ist eine Katastrophe. Du hast die Menschheit ausgelöscht.«

»Woher willst du wissen, daß wir uns nicht auch von allein ausgelöscht hätten? Ich sage dir, du machst dir keine Vorstellung von dem Leid, das ich angeschaut habe und das uns als Rasse erwartet. *Neues Leben* erspart uns das.«

»Auf Kosten unserer Existenz!«

»So stimmt das nicht ganz. Die Roboter, die sich aus uns heraus entwickeln, werden einen Teil von uns in sich tragen. Wir werden als Rasse weiterleben, nur eben in anderer Form.«

»Es hört sich an, als seist du auch noch glücklich über das, was geschehen ist.«

Die Bitterkeit in meiner Stimme war nun nicht mehr zu überhören. Meine geharnischte Reaktion verletzte meinen Großvater, obwohl ich mir nicht vorstellen konnte, welche Gefühle er denn sonst von mir erwartet hatte. Immerhin sprachen wir hier nicht über einen Kernschmelzunfall in einem Atomkraftwerk oder etwas ähnlich Belangloses.

»Glücklich bin ich nicht«, erwiderte er ruhig. »Ich habe es eben einfach akzeptieren müssen.«

»Wenn alles so fest und endgültig ist, warum hast du mir dann überhaupt davon erzählt?«

Jetzt war er nur noch ein alter Mann, dessen Leben nicht

die Richtung eingeschlagen hatte, die er vorgesehen hatte. »Wegen einer Sache, die mir als junger Mann passierte. Ich lernte ein Mädchen kennen – wir gingen zusammen in die Schule. Sie war wie du, in vielerlei Hinsicht. Lange kannte ich sie nicht, aber ich mochte sie. Sie hieß Sara. Deshalb bin ich auf deinen Namen gekommen.« Er schluckte. »Sara starb, kurz nachdem wir Freunde geworden waren«, fügte er hinzu.

»Wie ist sie gestorben?« fragte ich.

Er kratzte sich am Kopf. »Ihren Tod konnten die Behörden nie ganz aufklären. Aber erspare mir die Einzelheiten über ihr Ende. Sie wären nicht gerade angenehm. Ich kam auf Sara, weil sie wie du auch fest an die Heiligkeit des Lebens glaubte. Einmal sprachen wir über ihre Standpunkte, und ich erweckte wohl bei ihr den Eindruck, als glaubte ich, sie läge falsch mit ihrer Meinung vom Zauber des Lebens. Dieses Mißverständnis konnte ich vor ihrem Tod nicht mehr aufklären. In den uns jetzt bevorstehenden Jahren wird die Wahrheit über *Neues Leben* ans Licht kommen und auch meine Rolle darin. Ich wollte dir alles darüber erzählen, damit du weißt, daß ich das alles getan habe, weil mir die Menschen am Herzen lagen. Ich wollte diesen Zauber bewahren. Eine andere Motivation hatte ich nicht.«

Ich verstand ihn. Er konnte nicht wie seine Geschöpfe in die Vergangenheit reisen, lebte aber noch immer in ihr. Vielleicht ist es das, dachte ich, weshalb ihm sosehr vor seinem ersten Blick in die schmerzhafte Zukunft der Menschheit gegraut hat.

Ich lächelte. »Du wolltest, daß deine Sara das weiß?«

Für einen Moment lang schien er erleichtert. »Ja.«

Mein Lächeln verflog; ich stand auf und streichelte über seinen Rücken. »Für mich ist der Zauber weg, Großvater. So schnell wird er nicht wiederkommen.« Ich wandte mich ab. »Ich gehe allein nach Hause, Okay?«

In diesem Moment begriff er, daß ich ihm nie verzeihen würde, was er getan hatte.

»Gut«, sagte er kläglich.

Bald darauf verließ uns Großvater. Im Lauf des nächsten Jahres sprach ich noch ein paarmal mit ihm, begegnete ihm aber nicht mehr. Doch er begegnete mir.

Ein Ende der menschlichen Rasse wollte und konnte ich nicht akzeptieren. Doch mußte ich den Worten meines Großvaters Glauben schenken, daß *Neues Leben* durch nichts daran gehindert werden konnte, sich auf der ganzen Erde auszubreiten. Es gab keinen Grund zu der Annahme, daß er mir soviel erzählt hatte, nur um mich am Ende darüber zu belügen, was er in der Zukunft gesehen hatte. Aber es gab eine Möglichkeit, die mein Großvater nicht erwähnt hatte, entweder weil er nicht darauf gekommen war, oder weil er Angst davor hatte, ihr nachzugehen. Er konnte die Zukunft nur von dort aus sehen, wo er sich befand. Von dort aus zeigte sie viele Erscheinungsformen, allerdings keine, in der die Menschen überlebten.

Doch wie würde die Zukunft von früher in der Vergangenheit aus aussehen?

Was würde geschehen, wenn ein Cyborg in die Vergangenheit zurückginge und meinen Großvater noch als jungen Mann umbrächte?

Ohne meinen Großvater würde es keinen Sam geben, und ohne Sam würde *Neues Leben* niemals gegründet werden. Ja, es stimmte schon, vielleicht würde die Menschheit trotzdem eines Tages Roboter entwickeln, aber der Verlauf der Zukunft wäre – selbst wenn mein Großvater eines unnatürlichen Todes sterben sollte – doch näher an dem Bild, das er vor Augen hatte, als er das erstemal in die Zukunft schaute. Als Rasse würden wir leiden, aber wir würden überleben.

So dachte ich jedenfalls.

Auch wenn es bedeutete, daß mein Großvater sterben mußte.

Ich liebte ihn nach wie vor, egal, was er getan hatte.

Nur gab es da für mich ein kleines Problem. Selbst wenn ich zufällig einen Cyborg treffen sollte, würde es mir nicht gelingen, ihn dazu zu bringen, meinen Plan auszuführen. Es gab nur einen Weg, der an dieser Schwierigkeit vorbeiführte:

Ich mußte selbst ein Cyborg werden.

Ich mußte sterben, aber auf eine solche Art und Weise, daß ich beim Wiedererwachen mein Gedächtnis behielt und nicht der Laune von Sams oder Susans Programmierung ausgeliefert war. THC, das Mittel, das die Cyborgs benutzten, um das Gedächtnis auszulöschen, gehörte zu einer Familie von Stoffen, die Karbonite hießen. Ich untersuchte sie näher und fand heraus, daß sie mit einer großen Dosis einer Nemprin genannten Chemikalie weitgehend neutralisiert werden konnten. Wenn also eine starke Konzentration von Nemprin in einem System vorhanden war, in das THC injiziert wurde, würde das Nemprin es sofort aufspalten, bevor es die Gehirnbarriere überwinden und die Synapsen und Neuronen beeinflussen konnte. Überraschenderweise war es nicht schwierig, Nemprin zu beschaffen. Es wurde oft bei der Behandlung von Depressionen benutzt. Ich hatte keine Mühe, mir ein Fläschchen mit der violettfarbenen Flüssigkeit zu besorgen.

Wie konnte ich mich so umbringen, daß mein Leben nicht umsonst gewesen war? Mein Großvater mußte mich selbstverständlich genau in dem Moment finden, in dem ich starb. Ich beschloß, ihm einen Zettel zu hinterlassen, auf dem ich meinen innigen Wunsch äußerte, ein Cyborg zu werden. Das wäre dann wie mein Letzter Wille, und den würde er mir sicher erfüllen, weil er sich so schuldig fühlte, mir gegenüber überhaupt von den Cyborgs gesprochen zu haben.

Und außerdem brauchten die Cyborgs frische Gehirne, um neue Kinder in die Welt zu setzen. Ich ging der Sache weiter nach und fand heraus, daß ein Stoff namens Cyclomon mich töten würde, indem er einen bestimmten Bereich meines Gerhirns zerstörte, der mit den höheren Hirnfunktionen wenig zu tun hatte. Cyclomon war nicht leicht zu beschaffen, aber nach einiger Mühe hielt ich als Gegenstück zu meinem violettfarbenem Fläschchen ein grünes in den Händen.

Ich flog nach New York. Dort war der Sitz von *Neues Leben*, und dorthin war auch mein Großvater zurückgekehrt. Ich fand es unglaublich, daß er nach allem, was er mir erzählt hatte, zu ihnen zurückgekehrt war. Und doch wußte ich, warum er es getan hatte.

Mein Großvater war ein Feigling.

Schmerz machte ihm angst. Mir aber nicht. Ich würde mich zerstören, um sie zu zerstören, und das würde ich mit ganzem Herzen tun.

Das war natürlich leicht gesagt – bis es zu dem Punkt kam, die Nadeln einzuführen. Plötzlich hatte ich Angst. Ich dachte an all die Dinge, die schieflaufen konnten. Was, wenn sie das Nemprin entdeckten und es aus meinem System spülten, bevor sie mich mit THC behandelten? Dann würde aus mir eben bloß noch ein glückliches Mitglied des Rats von *Neues Leben*.

Ich mußte ständig daran denken, wie jung ich noch war.

Ich wollte nicht sterben.

Als ich in New York ankam, rief ich gleich meinen Großvater an und verabredete mich mit ihm zu Mittag. New York war die Hölle an diesem Tag. Es war Smogstufe neun, und es schien fast unmöglich, draußen zu atmen. Mein Großvater machte einen glücklicheren Eindruck als auf den Anhöhen, von denen aus das Meer zu sehen war. Er muß wohl geglaubt haben, ich sei gekommen, um unseren Streit beizulegen. Doch ich war gekommen, um uns beide umzubringen.

Um eins sollte er mich in meinem Hotelzimmer abholen. Die Fläschchen hatte ich bei mir, und in die Badewanne hatte ich Eisbeutel gelegt, um meine Überreste kühlzuhalten. Die Spritzen waren steril; ich holte sie aus meiner Handtasche und riß die Plastikverpackung auf. Neben dem Bett lagen Papier und Stift für meinem Abschiedsbrief. Ich wollte meiner Mutter und meinem Vater etwas Schriftliches hinterlassen, aber wenn mein Großvater meinen letzten Wunsch respektierte, würden sie es niemals zu Gesicht bekommen. Und außerdem würden sie niemals verstehen, warum ich ein solches Opfer bringen mußte.

Das klingt jetzt wohl ziemlich edel. Oder verrückt. Ohne das eine kann ein Mensch wohl nicht das andere sein, vermute ich. Mein Plan war verwegen, würde aber nur dann Erfolg haben, wenn ich auch bereit war, einen Mord zu begehen. Mein Großvater war alt, das konnte ich sehen, er hatte ein abwechslungsreiches Leben hinter sich, und viel länger konnte er nicht leben. Trotzdem: Würde ich die Kraft haben, das Messer auf ihn zu richten? Es gab nur einen Weg, mich auf ein solches Problem vorzubereiten. Ich mußte zuerst das Messer auf mich selbst richten.

Um Viertel vor eins schrieb ich meinen Brief. Pünktlichkeitsfanatiker war mein Großvater immer gewesen, aber zu früh war er selten erschienen.

Das Telefon läutete. Ich hob ab. »Ja?«

»Ich bin unten in der Halle«, sagte er. »Bist du soweit? Kann ich hochkommen?«

»Ich brauche noch ein bißchen«, sagte ich leise. Er bemerkte, daß meine Stimme irgendwie anders klang.

»Was gibt es?« fragte er.

»In einer Minute bin ich tot«, sagte ich.

Er schnappte nach Luft. »Sara? Mach jetzt gar nichts. Ich komme sofort hoch.«

»Leg nicht auf!« schrie ich zurück. »Die Spritze ist schon aufgezogen. Ich habe Cyclomon. Hundert Kubikzentimeter – eine tödliche Dosis.«

Der Schock ließ ihn schweigen. »Aber warum nur?« krächzte er.

»Du hast selbst davon gesprochen. Es gibt Menschen, die für immer leben wollen. Ich bin einer von ihnen. Mach mich zu einem von ihnen – zu einem Cyborg. Das ist alles, was ich will. Wenn du es nicht willst, brauchst du mich bloß zu begraben, und es wird so sein, als hätte es dein kleines Lieblingsmädchen niemals gegeben.«

»Aber Sara!« schrie er verzweifelt. »Das kannst du doch nicht tun!«

»Du weißt ja gar nicht, was ich alles tun kann, Großvater.« Ich knallte den Hörer auf die Gabel und stieß die Spritze in das Fläschchen mit dem violettfarbenen Nemprin – und gleich darauf in meine Venen. Ich spürte keine sofortige Wirkung. Rasch nahm ich das leere Fläschchen, die Spritze und die Verpackung und warf alles aus dem Fenster des vierzigsten Stockwerks.

Dann holte ich das grüne Cyclomon.

Bereitete die zweite Spritze vor. Stach sie in das Fläschchen ein.

»Lieber Gott, vergib mir!« flüsterte ich und stach in meinen Arm.

Das Cyclomon brannte.

Ich hörte Schritte.

Ich fiel zurück auf das Bett und starrte an die Decke.

Sie schien so weit weg zu sein.

Jemand klopfte wie wahnsinnig an die Tür.

Ich schloß die Augen. Ich starb.

Zum erstenmal.

Was danach geschah, weiß ich eher aus meinen Alpträumen. Die Träume einer Toten. Ich schwebte ewig, bis ich in ein eisiges Bad eingelassen wurde. Dann kamen sie zu mir, die Cyborgs, und sie setzten mich auf den von orangefarbenem Licht umgebenen mechanischen Stuhl, den Stuhl, der sich in ein aufrechtes Bett verwandeln und dessen Rückseite entfernt werden konnte, so daß sie mit kalten Händen die jaulende Säge greifen und in mein Rückgrat schneiden konnten.

Wie konnte das, was sie mit mir machten, als ich tot war, so entsetzlich für mich gewesen sein? Aber schließlich war ich nicht ganz tot. Mein Gehirn arbeitete nicht, als sie mich operierten, aber ein Teil von mir war dabei. Ein Teil von mir erinnerte sich.

Vielleicht meine Seele.

Doch als ihr Nervensystem schließlich in einen Roboterkörper integriert wurde, war die arme Sara nicht die Cyborg-Rebellin, die sie gerne gewesen wäre. Vielleich wirkte das Nemprin nicht so, wie es hätte wirken sollen. Vielleicht drang etwas von dem THC über die Gehirnbarriere, bevor es in seine Bestandteile aufgespalten und unschädlich gemacht wurde. Wie auch immer, als ich aufwachte, war ich ein Zombie. Und das blieb ich auch weitgehend, bis ich mich an das violettfarbene Fläschchen erinnerte. Dann immerhin hatte ich die Kraft, mich in die Vergangenheit zurückzudenken, in die Stadt und in die Zeit, in der der große Professor Christopher Perry als junger Mann lebte. Aber ich brachte es nicht übers Herz, meine Erinnerung zu wecken, und es war wohl nicht richtig von mir, meinen Großvater vorschnell als Feigling zu verdammen. Ich glaube nämlich, mein Gedächtnisschwund hatte gar nicht soviel mit den Giften zu tun als vielmehr mit der Tatsache, daß ich nicht sterben und nicht töten wollte.

Das war der Kern meines Problems, als ich mich auf den Straßen von Pasadena im Krankenhauskittel wiederfand. Ich war gestorben, um die Welt zu retten, und ich war gestorben, um das Leben eines Teenagers leben zu können. Welcher Wunsch war stärker? Als ich wieder zu mir kam, tauchte ich in das Leben eines normalen Mädchens ein. Ich ging zur Schule, aß Kekse mit Milch und schrieb heimliche Liebesbriefe an einen Freund. Und doch suchte ich mir – ohne mir dessen bewußt zu sein – meinen Freund genau aus.

Ich suchte mir den jungen Mann aus, den zu ermorden ich hergekommen war.

Und was war mit dem Videorecorder? Er war bloß ein Vehikel, das es mir erlaubte, meine wahren Fähigkeiten zu erschließen. Mit meinem Cyborghirn konnte ich die Datenbänke des Kosmos anzapfen und all das herausziehen, was ich benötigte.

Das konnte ich tun, während ich schlief. Mit einem meiner silbernen Finger konnte ich die Information auf das Band prägen. Kein Problem.

Es war mein Unterbewußtsein gewesen, das mir gesagt hatte, was noch zu tun war. Unglücklicherweise hatte ich die Fensterputzerin retten müssen und dadurch die Zeit derart durcheinandergebracht, daß die Cyborgs der Zukunft mich ausfindig machen konnten, bevor ich meine Mission vollendet hatte.

Ich hatte es vermasselt. Leider.

Aber noch war es nicht vorbei.

Ich mußte noch immer Christopher umbringen – wenn er mir eine Gelegenheit dazu bot.

14. KAPITEL

»Ja, Großvater«, sagte ich. »Du hast mir diesen Namen gegeben.«

Er drückte nicht ab. Meine Bemerkung schien ihn zu interessieren. »Du weißt, wer ich bin?« fragte er.

»Ja. Du hast immer schon Angst vor Schmerzen gehabt. Du bist zurück zu *Neues Leben*, weil du wußtest, daß deine Tage als Sterblicher gezählt waren. Du hattest Angst vor einem solchen Ende. Wahrscheinlich hast du Nemprin eingenommen wie ich, bevor du dir von den Cyborgs THC in deine Venen hast injizieren lassen. Bestimmt hast du sie überlistet. Als dann die Zeit voranging und sich die Technologie deiner Sprößlinge verbesserte, hast du dich mehr und mehr mechanisiert, bis du endlich zu der perfekten Denkmaschine geworden bist, die du früher bei deinem Blick in die Zukunft gesehen hattest.« Ich machte eine Pause. »Du hast dich aus mehr als tausend Jahren von jetzt entfernt in diese Zeit zurückgedacht – ins zwanzigste Jahrhundert.«

»Deine Analyse ist korrekt. Ich komme aus dem Jahr 3116. In gewisser Weise bin ich dein Großvater. Ich habe all seine Erinnerungen. Aber ich bin viel mehr, als er jemals war.«

»Warum drückst du dann nicht ab?«

»Ich habe Zeit«, erwiderte er nur.

»Du hast einen anderen Grund. Du willst mich gar nicht töten.«

»Ich versichere dir, daß ich dich jeden Augenblick zerstören kann und dabei kein Unbehagen empfinden werde.«

Ich grinste höhnisch. »Du bist also die Krone der Schöpfung. Ein komplexer Computer ohne ein Fünkchen Menschlichkeit. Was ist aus deiner wertvollen Programmierung geworden? Wie kannst du mich töten? Du sollst mich doch beschützen.«

»Technisch betrachtet, bist du schon tot. Ich bin nicht verpflichtet, dich am Leben zu erhalten. Außerdem mußt du zerstört werden, damit Milliarden Menschen nicht die Zukunft erleiden, die du wiedererschaffen willst, indem du Christopher Perry als jungen Mann umbringst.«

»Du kannst einen umbringen, um Milliarden zu retten? Ist die Rechnung so einfach?«

»Ich sagte schon, daß du technisch gesehen bereits tot bist.«

Ich blickte auf Christopher. Er war so nah, so verletzlich, aber ich wußte, daß ich ihn nicht erreichen konnte, bevor der Roboter mich niederstreckte. Ich war zehnmal so stark wie ein normaler Mensch, vermutete jedoch, daß der Roboter zehnmal so stark war wie ich. Wenn ich überstürzt handelte, hatte ich keine Chance. Ich deutete auf Christopher.

»Was hast du mit ihm vor?« fragte ich.

»Er wird morgen früh in seinem Bett aufwachen. Er wird sich an alles erinnern bis zu dem Moment, in dem er ohnmächtig wurde. Er wird von deinem Tod erfahren, wenn er morgen früh deinen Pflegevater anruft. Das Erlebnis wird ihn tief berühren, aber er wird darüber wegkommen und das Werk vollenden, das er vollenden wollte.«

»Er hat keinen Cyborg konstruieren wollen«, protestierte ich. »Die Information, einen zu bauen, hat er aus der Zukunft gestohlen.«

»Er erhielt die Information zum Wohle der Menschheit.«

Ich mußte lachen. »Zum Wohle der Menschheit? Also, Moment mal. Deine Art wird die Menschheit auslöschen. Wie kannst du dann behaupten, deine Existenz käme dem Menschen zugute?«

»Solche Diskussionen berühren mich nicht. Sie werden mich nicht davon abhalten, dich zu zerstören. Sara sagte einmal, zum Menschsein gehöre Leiden. Ich gebe dir eine Antwort auf deine andere Frage – warum ich mir Zeit lasse, dich zu erschießen. In meinem Material stecken Qualitäten des Menschseins. Ich besitze zum Beispiel die Neugier deines Großvaters. Er wollte immer alles wissen. Es gibt da ein paar Fragen, die ich dir stellen möchte.«

»Bevor ich dich Großvater genannt habe, hattest du kein Interesse an Antworten.«

»Das ist richtig.«

»Warum nicht?«

»Sagen wir mal, daß du meine alte Neugier ausgelöst hast, als du mich so genannt hast. Darf ich dir jetzt meine Fragen stellen?«

»Sobald ich sie beantwortet habe, erschießt du mich?«

»Das ist richtig.«

Ich zwinkerte. »Ich sollte mir also Zeit lassen. Schieß los . . ., ich meine, stell deine Fragen.«

»Warum hat Sara Schmerzen und Leiden auf sich genommen und ist in die Vergangenheit gegangen, um die Zukunft zu verändern?«

»Um die menschliche Rasse zu retten.«

»Aber hätte die menschliche Rasse nicht noch mehr Schmerzen und Leiden erfahren, wenn Sara mit ihrer Mission Erfolg gehabt hätte?«

»Ist das deine zweite Frage?«

»Meine dritte.«

»Okay. Sag mir einfach Bescheid, wenn du zur letzten kommst. Meine Antwort lautete: Na und? Aus meiner Sicht und der der meisten Menschen ist es besser, lebendig zu sein und zu leiden, als gar nicht zu existieren.«

»Aber wir reden hier nicht über Nichtexistenz. Ich existiere. Die Menschheit überlebt durch uns.«

»Genau darauf will ich hinaus. Du bist nicht menschlich. Bis zum Jahr 3116 wirst du alles das zerstört haben, was uns Menschen ausmacht.«

»Du bist ein Cyborg; du bist kein Mensch mehr.«

»Doch, ich bin menschlich! Ich habe Gefühle! Ich habe eine Seele! Ich habe überlebt, selbst als ihr mir das Rückgrat und das Gehirn aus meinem Körper herausgeschnitten habt. Verdammt noch mal, ich bin Sara. Ich bin nicht Rela.«

»Du hast die Erinnerungen von Sara. Aber Sara hat sich umgebracht. Wenn ein Mensch stirbt, bleibt er tot. Das ist wissenschaftlich gesichert.«

Ich fühlte mich geschlagen. »Bist du tot, Großvater?«

»Ja.«

»Warum knallst du mich dann nicht einfach ab und hast es hinter dir?«

»Ich muß dir noch meine letzte Frage stellen. Einmal sagte Sara ihrem Großvater, nachdem er ihr die Ursprünge von *Neues Leben* erklärt hatte, sie glaube, nicht alles Leiden sei schlecht. Ich möchte dich bitten, mir diese Bemerkung zu erklären.«

»Verschonst du mich, wenn ich dir eine wirklich geniale Antwort darauf gebe?«

»Nein, aber deine Antwort wird mir eine gewisse Befriedigung verschaffen.«

»Woher willst du das wissen?«

»Alle deine Antworten tun das.«

Ich seufzte. »Also gut, ich werde dir deine letzte Frage beantworten. Ich sagte meinem Großvater, wenn es keinen Kummer gäbe, gäbe es kein Mitgefühl.«

»Diese Bemerkung ist in meinen Datenbänken. Bitte mach weiter.«

Plötzlich bekam ich feuchte Augen. Ich begriff, was in dem schwarzen Aktenkoffer steckte, den der Roboter mitgebracht hatte. Es war menschliches Gewebe, damit die Polizei bei meiner Autopsie keinen Verdacht schöpfte. Aus diesem Grund mußte der Roboter mich völlig verstümmeln, damit meine wahre Natur nicht ans Tageslicht kam.

»Das habe ich meinem Großvater gesagt«, flüsterte ich. »Aber ich wollte ihm auch sagen, daß ich ihn liebe.«

»Sara hat ihm das sehr oft gesagt. Das ist in . . .«

»Deinen Datenbänken, schon gut, ich weiß. Aber auf ein paar Gebieten sind deine Datenbänke beschränkt. Ich starb, bevor ich meinem Großvater erklären konnte, daß ich ihm seinen Fehler vergeben habe. Menschen können das – mit Liebe. Liebe bringt oft größten Schmerz mit sich, aber sie bringt auch größte Freude. Verstehst du das, Großvater?«

Ich erwartete, der Roboter würde abstreiten, mein Großvater zu sein. Das tat er aber nicht. Statt dessen starrte er mich einfach nur an. Die Waffe hielt er immer noch auf meinen Kopf gerichtet, aber in seinen Augen schien sich etwas verändert zu haben; ihr Blick wirkte weicher, wärmer.

Oder ich bildete mir das alles nur ein.

»Zerstörst du mich jetzt?« fragte ich.

»Ja.« Er brachte die Waffe näher heran. »Auf Wiedersehen, Sara.«

Es klopfte an die Tür.

15.
KAPITEL

Der Roboter hielt inne. Wieder klopfte es.

»Darf ich an die Tür gehen?« fragte ich.

»Wirst du sagen, wer ich bin?«

»Man wird mir wohl kaum glauben, selbst wenn ich es täte.«

»Beantworte meine Frage.«

»Was machst du, wenn ich es tue?«

»Aller Wahrscheinlichkeit nach werde ich sie genau wie dich zerstören müssen.«

»Du kannst einen Menschen umbringen?«

»Ich kann töten, wenn es notwendig ist, um das Leiden von Milliarden anderer Menschen zu beenden.«

›Eine reine Rechenaufgabe für dich?«

»Ja. Wirst du sagen, wer ich bin?«

»Nein. Nicht wenn du den Besuch dann tötest.«

Er senkte die Hand und ließ die Waffe in seine Gesäßtasche gleiten. »Du darfst an die Tür gehen, sobald ich Christopher auf die Couch getragen habe. Du wirst so tun, als sei ich ein Freund und als ob Christopher schliefe. Ganz gleich, wer da ist, du wirst ihn so schnell wie möglich loswerden, ohne dabei gestreßt zu wirken. Verstehst du?«

»Wenn ich das alles nicht tue, wird es wahrscheinlicher, daß du den Besuch umbringst?«

»Das ist richtig.«

»Ich werde tun, was du sagst. Darf ich jetzt aufstehen?«

»Ja.«

Der Roboter war schnell auf den Beinen. Bevor ich auch nur um den Sessel herumgehen konnte, hatte er Christopher bequem auf die Couch gelegt; Christophers Füße baumelten in der Nähe des Videorecorders, der noch immer auf dem Couchtisch stand. Bevor ich die Tür öffnen konnte, hatte der Roboter das Band, auf dem mein Tod aufgezeichnet war, aus dem Gerät genommen.

»Hallöchen! Na, hat dich der schwarze Mann geholt?« fragte Ed kichernd neben Stacy auf der Veranda. Besonders erleichtert schienen sie nicht darüber, mich lebendig anzutreffen. Ich schaute auf meine Uhr. Es war erst Viertel vor zehn. In den letzten Minuten war eine Menge geschehen. Ich hatte noch einmal ein ganzes Leben durchlebt.

»Ich dachte, vor zehn kämst du nicht raus?« sagte ich zu Ed.

»Du hörtest dich so was von daneben an, da hab' ich den Laden einfach dichtgemacht«, sagte er. »Dann bin ich in das Café um die Ecke, und da warst du nicht. Ich hab' mich um dich gesorgt, Rela, das muß ich schon sagen. Ich hab' Stacy angerufen und ihr gesagt, was passiert ist, und sie dachte, wir kommen einfach her. Wir sind zusammen hierhergefahren.«

»Folgt dir wirklich jemand?« fragte Stacy.

»Ja. Irgendwie schon.« Ich schaute zum Roboter hinüber. »Aber das ist eine lange Geschichte. Jetzt bin ich in Sicherheit. Christopher ist hier. Er schläft auf der Couch. Hat einen schweren Tag hinter sich.«

»Ist der Mann hier 'n Abgedrehter, oder was?« fragte Stacy und steckte ihre Nase zur Tür herein. »Hey, was ist das denn für ein Typ?«

Ich mußte ganz natürlich bleiben. Andernfalls würde der Roboter schnell zuschlagen, daran hatte ich keinen Zweifel. »Bloß ein alter Freund«, sagte ich und zwang mir ein Lachen ab. »Er heißt Hal. Hal, komm doch mal her, damit ich dich Ed und Stacy vorstellen kann.«

»Nun laß uns schon rein«, sagte Ed und zwängte sich an mir vorbei. »Es ist kalt draußen.« Er streckte dem Roboter die Hand entgegen. »Du bist Hal? Schön, dich kennenzulernen. Mein Name ist Edward, aber alle nennen mich Ed – außer meiner Mutter. Ich bin ein Freund von Rela.«

Der Roboter lächelte herzlich und schüttelte Ed die Hand. »Schön, dich kennenzulernen, Ed«, sagte er freundlich.

»Wow, wo haben Sie denn diese Klamotten her?« fragte Stacy den Roboter.

»Von Woolworth«, sagte der Roboter. »Sonderangebot. Du bist Stacy?«

Bevor Ed und Stacy das Haus betreten hatten, hatte der Roboter nicht so locker gesprochen. Natürlich nicht, denn es gab ja keinen Grund für ihn, sich mir gegenüber wie ein Mensch zu verhalten. Der Roboter und Stacy gaben sich die Hand und machten einander bekannt. Wie ich schon mehrmals sagte: Stacy war nicht so doof, wie sie tat.

»Wo kommen Sie her, Hal?« fragte sie, und in ihrer Stimme lag ein mißtrauischer Unterton. Immerhin hatte angeblich ein fremder Mann ihre beste Freundin verfolgt. Und jetzt stand hier gerade so ein Mann. Schade, daß ihre Sorge um mich sie ins Grab bringen konnte.

»New York«, sagte der Roboter sanft. »Ich bin bloß eine Nacht über hier. Ich bin ein Freund von Reverend Lindquist.«

»Tatsächlich?« fragte Stacy und warf mir einen neugierigen Blick zu. Sie suchte nach Anzeichen von Besorgnis, und ich war entschlossen, keine zu zeigen. Seitdem ich wußte, daß ich ein Cyborg war, fiel mir die Kontrolle leichter. Zumindest nach außen hin.

»Hal bleibt die Nacht über«, sagte ich sanft. »Er ist eben angekommen. Ich wollte ihm die Couch anbieten, aber ich weiß nicht, was ich mit diesem Burschen hier anfangen soll.« Ich wies auf Christopher und kicherte. Ich war ein wenig verwirrt darüber, daß das Gas nicht auch bei Stacy und Ed wirkte, aber dann erinnerte ich mich daran, daß der Roboter gesagt hatte, daß es sich schnell wieder verflüchtigte. Ich konnte nur annehmen, daß Christopher eine reichliche Dosis Gas abbekommen hatte und daß sein Nervensystem noch immer damit zu tun hatte. »Kurz bevor Hal kam, hat er sich hingelegt und ist direkt eingeknackt«, sagte ich.

»Merkwürdig, daß ihn das ganze Gerede hier nicht aufweckt«, bemerkte Ed.

»Er schläft immer wie ein Murmeltier«, sagte ich.

»Woher weißt du denn das?« wollte Stacy wissen.

Ich lächelte. »Eine Freundin weiß eben solche Sachen.«

»Ich weck' ihn auf«, erklärte Stacy und ging auf die Couch zu. Ich stellte mich ihr in den Weg. »Rela?« fragte sie.

»Warum willst du ihn aufwecken?« fragte ich. »Laß ihn doch schlafen.«

»Ich will aber mit ihm reden«, beharrte sie.

»Er ist müde«, sagte ich. »Bitte laß ihn doch. Du siehst ja, daß er ganz ruhig atmet.«

»Hey, hier ist ja die Wahnsinnsmaschine, die ich dir verkauft habe!« unterbrach Ed und wies auf den Couchtisch. »Wolltest du damit irgendwohin, Rela?«

»Ja. Zu Christopher nach Hause.«

»Ich hab' gehört, er kann Videorecorder reparieren«, sagte Ed.

»Er kann so ziemlich alles reparieren«, meinte ich.

»Du hast deine Kassette mit *Lethal Weapon* hiergelassen, Stacy«, sagte Ed. Er hatte sie nicht weit vom Couchtisch an einen Zeitschriftenständer gelehnt entdeckt. Jetzt drehte er voll auf. »Hey, ich muß Rela Mel Gibsons Hintern in Zeitlupe zeigen. Ich schwör' es dir, Stacy, Rela hat sich bloß deshalb das Gerät mit vier Köpfen gekauft, weil sie von schmutzigen Filmen mehr haben will. Du hättest sehen sollen, wie ihr das Wasser im Mund zusammenlief, als ich ihr erzählte, wie sie mit der Zeitlupe den . . ., oh, entschuldige Hal, ich hab' dich für einen Moment total vergessen. Bitte verzeih uns. Wir sind bloß abgedrehte kalifornische Kids. Wir reden immer nur über Sex und die Ozonschicht.«

Hal lächelte höflich. »Zwei wichtige Themen, in der Tat.«

»Hey, das ist cool!« rief Ed. »In der Tat.« Er griff sich den Videorecorder zusammen mit der *Lethal-Weapon*-Kassette und wandte sich dem Fernseher zu. »Du hast doch sicher nichts dagegen, Hal, wenn ich das Ding hier kurz mal reinstöpsel' und Rela die Sonderausstattung vorführe, für die sie ihr hartverdientes Geld hingeblättert hat.«

»Ed«, mahnte ich und fing langsam an zu verzweifeln. Der Roboter warf mir einen Blick zu. Er wollte sie rasch aus dem Haus haben, sonst würde er die Sache selbst in die Hand nehmen. »Vielleicht ein anderes Mal.«

»Wahnsinn«, sagte Ed und fummelte auch schon mit den

Kabeln auf der Rückseite des Fernsehers herum. »Auf dem Band hier ist 'ne Aufnahme von so 'ner Frau, die muß ich Hal zeigen. Sei nicht so verklemmt, Rela. Er ist aus New York. Da wählen sie sogar die Demokraten.«

Stacy war sich noch immer nicht sicher, was Hal anging. »Aus welchem Teil von New York kommen Sie denn?« fragte sie nach.

»Manhattan«, antwortete der Roboter. »Ich arbeite in der Computerindustrie, für Cimp Complete, eine kleine Softwarefirma. Wir haben uns auf Betriebssysteme von alten IBM-Großrechnern spezialisiert, die mit den neuen Betriebssystemen nicht kompatibel sind, deren Leistungsfähigkeit aber dadurch verbessert werden kann, daß man Codes des neuen mit Codes des alten Systems miteinander verbindet. Unsere Firma ist seit knapp fünf Jahren im Geschäft und hat Kunden hier in Los Angeles. Ich bin hier in erster Linie auf Geschäftsreise.«

»Aha«, sagte Stacy. Er war einfach aalglatt. Ich bemerkte, wie sich ihr Verdacht in Luft auflöste. Ich war erleichtert und gleichzeitig niedergeschlagen. Um so schneller würde ich tot sein.

Wenn da nicht Ed gewesen wäre. Er hatte den Videorecorder bereits angeschlossen und legte die Kassette ein. Gerade als er den Fernseher einschalten wollte, unterbrach ihn der Roboter.

»Ehrlich gesagt, Ed«, sagte der Roboter, »ich bin müde von der Reise und kann im Moment, glaube ich, nicht viel mit einem Video anfangen. Können wir es nicht ein anderes Mal anschauen? Ich möchte mich noch kurz ausruhen.«

»Hä?« machte Ed und hielt die Fernbedienung in der Hand. »Na klar, das wäre toll.«

»Hal ist sehr müde«, sagte ich und ging auf Ed zu. Ich nahm ihm die Fernbedienung aus der Hand und stellte mich mit dem Rücken so vor den Videorecorder, daß ich ihn vom Rest des Zimmers abschirmte. Die Kassette mit den Nachrichten hatte der Roboter zwar aus dem Gerät geholt, aber die mit dem Film war noch immer eingelegt. Meinen Roboterringfinger hatte ich vor Stacy und Ed verborgen, indem ich einfach meine linke Hand zur Faust ballte. Jetzt tastete ich an den Kabeln herum, knibbelte das auf, was hinten an den Fernseher gehörte, und steckte meinen geschälten Finger hinein. In diesem Moment fielen mir meine nächtlichen Ausflüge wieder ein. Genau auf diese Art und Weise hatte ich die Nachrichten des kommenden Tages auf die Bänder überspielt. Der Roboter war mit Ed beschäftigt. Ed erzählte Hal von einer Prostituierten, die er mal getroffen hatte und die aus New York kam. Mit meinem rechten Ellenbogen drückte ich die Powertase des Videorecorders.

Ich nahm meine ganze Geschichte auf. Im Schnellauf.

Die Geschichte von Rela und Sara.

»Stacy, Ed«, unterbrach ich Eds Verrücktheiten. »Geht raus und amüsiert euch. Laßt uns Schlafmützen allein.«

»Willst du das?« fragte Stacy ernst.

Ed warf einen Blick auf Christopher, der der Länge nach auf der Couch lag, Hal rührte sich nicht vom Fleck, und ich lehnte mich gegen Recorder und Fernseher, als wäre ich zu müde, mich länger auf den Beinen halten zu können.

»Ich glaube, das ist es, was sie wollen«, sagte Ed.

»Ist es wirklich«, stimmte ich ihm zu.

Stacy kam zu mir rüber und umarmte mich kurz. Mit meiner freien rechten Hand klopfte ich ihr auf die Schulter. So freundlich hatten ihre Augen noch niemals ausgesehen.

»Ruf mich gleich morgen früh an, hörst du?« sagte sie.

»Mach' ich«, versprach ich. Ich küßte sie auf die Wange. »Du bist meine beste Freundin.«

Stacy lächelte und verdrehte die Augen wie eine Schwachsinnige. »Das will ich aber auch meinen, Schätzchen.« Sie küßte mich hastig. »Gute Nacht, Rela.«

»Gute Nacht, ihr beiden«, sagte ich traurig. Die zwei wünschten Hal einen schönen Abend und gingen hinaus.

Ed knallte die Tür hinter sich zu.

Der Roboter schaute zu mir herüber.

Er holte wieder seine Strahlenpistole heraus.

Aber das Geräusch hatte Christopher aufgeweckt.

Mein Freund – mein Großvater – schlug die Augen auf.

»Wo bin ich?« fragte er.

16. KAPITEL

Der Roboter bedeutete mir, dort zu bleiben, wo ich war. Das mußte ich auch, wenn ich an den Recorder angeschlossen bleiben und meine Geschichte weiter überspielen wollte. Jetzt, genau in diesem Augenblick, nehme ich alles auf. Ich bin ziemlich sicher, daß ich in ein paar Minuten tot sein werde. Darum habe ich das gesagt, was ich ganz am Anfang sagte. Nach Zeitrechnung von Cyborgs vor nur einer Minute. Aber noch ist nichts endgültig. Wenn ich Christopher anfassen und töten kann – und sein Genick kann ich so leicht brechen wie einen Strohhalm –, dann wird der Roboter aufhören zu existieren, weil er sich niemals aus Christopher entwickeln wird. Und ich werde aufhören zu existieren, weil Christopher niemals meine Mutter zur Tochter und die wiederum niemals mich zu ihrer Tochter haben wird. Das Zimmer wird dann also leer sein, nur mit Christophers Leiche darin, und die Nachrichten, die zweiten Nachrichten, werden wie vorgesehen morgen abend laufen.

Christopher setzte sich aufrecht und schaute umher.

»Rela?« murmelte er benommen. Doch dann fiel sein Blick auf den Roboter, und er nahm Haltung an. »Wer sind Sie?« fragte er.

Es war schon erstaunlich: Der Roboter wirkte äußerlich wie ein älteres Modell von Christopher auf dem Foto. Aber hier und jetzt, mit seinen seltsamen grauen Katzenaugen, verblich die Ähnlichkeit. Plötzlich durchfuhr mich, daß mein Großvater davon gesprochen hatte, mich, Sara, kennengelernt zu haben, als er auf der Schule war. Doch als ich noch Mensch, noch seine Enkelin gewesen war, hatte er mich nicht als die junge Frau erkannt, die er als Junge kennengelernt hatte. Ich ging davon aus, daß sich die Cyborgs keine große Mühe damit gegeben hatten, mich wie mein umwerfendes Original aussehen zu lassen, als sie meinen Körper konstruierten, doch mein Gedächtnis als Sara wußte noch, daß eine gewisse Ähnlichkeit geblieben war.

Ich war also vorher schon einmal zurückgekommen. Oder dies hier war das Vorher. Vielleicht war es auch nur ein großer Kreis der Zeit, in dem Ursache und Wirkung einander nachjagten wie eine Katze ihrem Schwanz. Doch wenn dem so war, hatte ich schon verloren und konnte auch nicht mehr gewinnen.

Genau diesen Punkt hatte ich mit meinem Großvater diskutiert. Es war denkbar, daß allein schon das Wissen darüber, daß Rela in einem bestimmten Ablauf der Zukunft gescheitert war, mir erlauben könnte, den Sieg davonzutragen. In jedem Fall wußte ich, was ich zu tun hatte.

Ich mußte Christopher töten.

Für die Menschheit. Das mußte ich mir immer wieder selbst sagen.

»Ich heiße Hal«, sagte der Roboter sanft. »Ich bin ein Freund von Relas Vater. Ich komme aus New York.«

Christopher sah mich an. Ganz sicher dachte er an den sonderbaren Mann, der mich angeblich gejagt hatte. Die Situation war eigenartig. Ich wußte, daß der Roboter nicht vor Christophers Augen zum Einsatz schreiten wollte, weil er dessen Leben so wenig wie möglich zu beeinflussen versuchte. Mir nur ein paar Schritte von dem angehenden jungen Wissenschaftler entfernt meine Eingeweide mit einer Laserpistole zu zerbrutzeln, das stand nicht ganz oben auf der Tagesordnung des Roboters. Ich begriff, daß ich eine Szene machen konnte. Aber irgend etwas ließ mich abwarten. Ich sage absichtlich *machen konnte* statt *machen kann*, um die Kontinuität im Zeitverlauf meiner Geschichte zu wahren. Ich warte jetzt ab. Christopher rutscht auf der Couch hin und her.

»Stimmt das, Rela?« fragt er.

»Ja«, sagte ich. »Hal und mein Vater sind seit langem befreundet. Du brauchst nicht hierzubleiben. Hal bleibt die Nacht über. Ich bin ganz in Sicherheit.«

»Aber vor einer Minute warst du noch drauf aus, hier rauszukommen«, sagte Christopher.

»Manchmal überdrehe ich eben.«

Christopher runzelte die Stirn. »Warte mal einen Moment –

ich bin ohnmächtig geworden. Hast du gesehen, wie ich ohnmächtig wurde?«

»Ja«, bestätigte ich. »Du arbeitest zuviel. Du mußt dich ausruhen. Ab nach Hause mit dir und marsch ins Bett. Mir geht's gut, ehrlich.«

»Aber ich bin noch nie im Leben ohnmächtig geworden«, murmelte Christopher und kam langsam wieder auf die Beine. »Ich verstehe das nicht. Wie lange bist du schon hier, Hal?«

»Ich bin gerade gekommen«, erklärte der Roboter. »›Du hast auf der Couch geschlafen. Ich wußte nicht, daß du ohnmächtig bist.«

Dieser Roboter weiß, wie man lügt, dachte ich. Doch Christopher starrte ihn an, und mir fiel ein, wie scharfsinnig er sein konnte. Er mußte mitkriegen, daß mit Hal etwas nicht stimmte.

»Was machst du beruflich, Hal?« fragte Christopher.

»Ich arbeite in der Computerindustrie, für Comp Complete, eine kleine Softwarefirma. Wir haben uns auf Betriebssysteme von alten IBM-Großrechnern spezialisiert, die mit den neuen Betriebssystemen nicht kompatibel sind, deren Leistungsfähigkeit aber dadurch verbessert werden kann, daß man Codes des neuen mit Codes des alten Systems miteinander verbindet. Unsere Firma ist seit knapp fünf Jahren im Geschäft und hat Kunden hier in Los Angeles. Ich bin in erster Linie hier auf Geschäftsreise.«

Das war Wort für Wort die gleiche Antwort, die er Stacy gegeben hatte. Sie schien auch Christopher zu beruhigen, der lächelte. »Du hast den richtigen Namen für jemanden, der in der Computerindustrie arbeitet«, meinte er.

»Christopher spielt auf den Computer in *2001: Odyssee im Weltraum* an«, erklärte ich.

»Ich kenne den Film«, meinte der Roboter.

»Hal drehte durch und legte fast die ganze Crew um«, sagte ich und starrte auf den Roboter. »Er war erbärmlich schlecht programmiert.«

»Im wirklichen Leben würde das nie passieren«, erwiderte der Roboter und starrte mich ebenfalls an. Er wußte nicht, was er als nächstes tun sollte. Christopher ging einen Schritt am Roboter vorbei und trat auf mich zu. Ich hing noch immer am Videokabel.

»Dann sollte ich wohl jetzt gehen, wenn du meinst, daß alles in Ordnung ist«, beschloß Christopher.

»Alles ist in Ordnung«, meinte ich. »Ich sehe dich morgen in der Schule.«

Christopher grinste. »Hoffentlich nach der Schule. Du weißt doch, du bist mir noch eine Verabredung schuldig. Dienstag hast du mich versetzt.«

»Tut mir leid. Ich werd's gutmachen, Ehrenwort.«

Christopher schaute zu Hal hinüber, dann wieder zu mir. »Bringst du mich noch raus, Rela?«

Beinah unmerklich schüttelte der Roboter den Kopf. Noch immer hatte ich genügend Zeit, um eine Szene zu machen. Aber ich zögerte erneut. Christopher braucht bloß ein paar Schritte näher zu kommen, dachte ich, dann könnte ich ihm das Genick brechen.

»Es ist kalt draußen«, sagte ich. »Warum gibst du mir nicht gleich hier einen Abschiedskuß?«

Meine Kühnheit überraschte Christopher, aber er genierte sich offenbar, mich vor einem Fremden zu küssen. Inzestuös kam mir die Vorstellung nicht vor. Der Körper, in dem ich jetzt steckte, hatte nichts mit dem Körper zu tun, den seine Tochter zur Welt gebracht hatte. Nur Gehirn und Rückenmark waren noch gleich. Die Lippen nicht. Und im übrigen wollte ich ihn ja gar nicht küssen. Ich wollte ihm den Hals umdrehen. Ich wollte ihm meine Finger fest in den Nacken pressen, bis ich ein deutliches Knacken hörte.

In meinem Innern fing ich leise an zu weinen.

Es geschieht zum Wohle aller, sagte ich zu mir selbst. Für den ganzen Planeten.

Christopher trat noch einen Schritt näher heran. Er war jetzt beinahe in Reichweite.

Ich durfte nicht versagen. Ich hatte mein Leben geopfert, um Erfolg zu haben.

»Gehst du direkt ins Bett?« fragte er.

»Ja.« Ich blickte zum Roboter. »Ich werde mich schlafen

legen. Es ist schon eine Weile her, daß ich mich ausgeruht habe.«

Auch Christopher warf dem Roboter noch einen Blick zu. Offenbar wollte er ihm so bedeuten, uns eine Minute allein zu lassen. Das ließ der Roboter natürlich nicht zu.

»Wann sollen wir uns denn treffen?« fragte mich Christopher.

»Morgen abend wäre gut.«

»Um wieviel Uhr?«

»Egal, wann.« Ich fügte hinzu: »Mit dir ist es immer toll.«

Christopher kam noch einen Schritt auf mich zu. Nah genug, daß ich ihn packen konnte. Rechts hinter Christopher ließ der Roboter die Hand in seine Gesäßtasche gleiten. Mit dem Körper schirmte ich meine linke Hand vor dem Roboter ab. Meine rechte war frei. Wenn ich mit ihr ausholte, würde ein einziger Karateschlag auf den Nacken Christopher das Rückenmark zertrümmern. Er wäre sofort tot. Ohne Schmerzen. Ich konnte der Menschheit den Schmerz zurückgeben. Ich konnte ihr das Leben zurückgeben, indem ich nur dieses eine Menschenleben vernichtete.

Aber ich schaffte es nicht.

Ich merkte, wie meine Augen feucht wurden.

Ich war mir ein schöner Cyborg – ich konnte den Schalter nicht finden, mit dem man die Tränen abstellte.

Christopher legte mir seine linke Hand auf die Schulter.

»Was ist los?« fragte er besorgt.

Hinter Christopher holte der Roboter seine Strahlenpistole heraus und richtete sie auf meinen Kopf. Aber er war ein paar Schritte enfernt. Ich hatte Christopher wortwörtlich in der Hand. Es war ein Reaktionstest, aber ich glaubte, ihn gewinnen zu können. Das allermindeste war, Christopher in die Schußlinie zu ziehen.

Aber ich liebte ihn – meinen Großvater. Ich hatte ihn für das, was er getan hatte, mit Verachtung behandelt, aber ich hatte nie aufgehört, zu ihm aufzuschauen.

Ich konnte es nicht.

Ich mußte.

»Ich hasse es einfach, dich gehen zu sehen«, sagte ich und

nahm seine Hand mit meiner freien Rechten. Die Tränen flossen mir jetzt über die Wangen. Ich heulte, Christophers Hand fühlte sich in meiner so zerbrechlich an. Nur Fleisch und Blut. Sie konnte Schmerz leiden. Ich sollte keinen Schmerz mehr kennenlernen. Doch das war alles, was ich im Moment wußte.

Auf einmal war mir klar, daß das, was ich dem Roboter erzählt hatte, stimmte.

Ich war ein Mensch. Ich hatte überlebt. Meine Seele: Es gab sie wirklich.

Christopher berührte mein Gesicht. »Aber morgen sehen wir uns, Rela.«

»Sara.«

»Wie bitte?«

»Mein richtiger Name ist Sara.«

»Warum hast du dich dann Rela genannt?«

Ich grinste wie ein trauriger Clown. »Das ist eine lange Geschichte. Vielleicht kann ich sie dir irgendwann einmal erzählen. Aber nenn mich Sara. Sag zu mir: ›Auf Wiedersehen, Sara. Du bist ein tolles Mädchen.‹«

»Du bist toll«, sagte er zu mir und umarmte mich. Ich schmiegte meine Hand an seine Schulter und sah, wie der Roboter die Waffe senkte. Er wußte, daß ich jetzt mit Christopher machen konnte, was ich wollte, und daß er mich nicht davon abhalten konnte. Meine freie Hand ließ ich auf Christophers Körper, berührte ihn mit der anderen jedoch nicht. Ich ließ die Hand an seinem Rücken hochgleiten, bis sie seinen Nacken erreicht hatte. Dort drückten meine Finger in seine Haut, und er schien leise zu seufzen. Er war verkrampft, und ich konnte ihn entkrampfen – für immer.

Und wieder schaffte ich es nicht. Ich hatte mich getötet, aber ich konnte niemand anderen töten. Das hatte nichts mit irgendeiner Cyborg-Programmierung zu tun, sondern nur mit mir. Ich war nicht stark genug.

»Ich liebe dich«, flüsterte ich ihm ins Ohr. Wegen meiner Liebe würde die menschliche Rasse aussterben. Er drückte mich fester an sich.

»Ich liebe dich auch«, sagte er. Dann ließ er mich los und

wischte mir eine Träne von der Wange. »Paß auf dich auf, Sara«, sagte er.

Ich ließ ihn los. »Das werd' ich«, versprach ich.

»Wir werden uns amüsieren morgen abend.«

»Es wird wundervoll.« Ich streichelte ihm über die Schulter. »Erinner dich.«

Er war verblüfft. »Erinnern woran?«

»Erinner dich an die Schmetterlinge und Bäume.«

Er schmunzelte über meine sentimentale Ader. »Und an Sara.«

Ich lächelte. »Am meisten an Sara.« Ich schluckte. »Auf Wiedersehen.«

»Auf Wiedersehen«, sagte er.

Christopher verabschiedete sich von dem Roboter und ging aus dem Haus. Ich schaute zu, wie er ging. Ich schaute zu, wie die leuchtende Flamme der Zukunft verschwand und ein Zeichen auf dem Weg des menschlichen Schicksals einbrannte.

»Du hättest ihn töten können«, sagte der Roboter, als wir allein waren.

»Ja.«

»Aus diesem Grund bist du zurückgekommen.«

»Ja.«

»Warum hast du nicht versucht, deine Mission zu vollenden?«

»Weil ich etwas in mir trage, das größer ist als alles, was du besitzt.« Ich starrte den Roboter an. »Die Zukunft, aus der du kommst, ist nichts.«

»Wir sind weit fortgeschritten. Uns fehlt es an nichts.«

»Weil ihr nichts habt – und nicht wißt, was euch entgeht.«

»Ich habe keine weiteren Fragen an dich.« Er holte die Waffe aus seiner Tasche und richtete sie auf mich. »Es ist besser, wenn du vom Fernseher weggehst.«

»Du meinst, du hättest gewonnen«, sagte ich.

»Ich habe gewonnen. Du hast verloren. Du wirst jetzt zerstört werden.«

»Er wird sich an mich erinnern.«

»Das versteht sich. Ich erinnere mich an dich.«

»Aber du kennst mich nicht. Er kennt mich.«

»Das macht keinen Unterschied. *Neues Leben* wird kommen und sich durchsetzen.«

Ich hatte keine Zeit dafür, mich hinzusetzen und in die Zukunft zu schauen, obwohl ich die Fähigkeit dazu besaß. Aber urplötzlich und scheinbar aus dem Nichts heraus überwältigte mich ein Gefühl. Es überwältigt mich jetzt in diesem Moment. Was es genau ist, weiß ich nicht, aber es steckt Hoffnung in ihm. Nicht Hoffnung auf heute oder morgen, noch nicht einmal auf die Zeit in tausend Jahren, sondern Hoffnung darauf, daß das Leben trotz allem weitergeht und auf etwas Besseres stößt als auf ein mechanisiertes Grab. In gewisser Hinsicht will ich das gleiche, was mein Großvater wollte, nämlich daß die Menschen nicht leiden sollen. Und doch bin ich nicht wie er. Er hat sich erneuert, so daß er ewig leben kann. Aber den ewigen Feind hat er nicht besiegt. Nein, ich meine nicht die Cyborgs oder die Roboter. Der Feind, das ist die Angst, die schlichte Angst. Großvater hatte immer Angst vor Leiden.

Ich habe keine Angst. Ich will mehr für die Menschen. Ich will, daß sie glücklich sind, und ich glaube daran, daß unser Leiden als Rasse uns schließlich zu einem Ort des großen Wunders führen kann. Sosehr ich gelitten hatte, seit ich in die Vergangenheit zurückgegangen war, so glücklich war ich, am Leben zu sein.

»Es macht einen großen Unterschied«, flüstere ich.

Der Roboter bewegt seine Waffe. »Los.«

Ich bin schon einmal gestorben.

Niemand soll dies hier betrauern, meinen zweiten Tod.

Ich lasse meinen Finger aus dem Videoanschluß herausgleiten.

»Wo soll ich mich hinstellen?« frage ich den Roboter.

EPILOG

Einen Monat nach Relas Tod kam ihr Pflegevater mit dem Viderecorder unter dem Arm zu Christopher nach Hause. Christopher war gerade allein und arbeitete in seinem Schlafzimmer an einem Programm, das die Empfindlichkeit seines Biofeedback-Geräts um das Doppelte steigern sollte. Das Klopfen hörte er trotzdem, öffnete Relas Vater die Tür und ließ ihn eintreten. Der Pfarrer setzte sich auf die Couch, behielt den Recorder auf seinem Schoß, und Christopher saß auf einem Stuhl gleich daneben. Er bot Relas Vater etwas zu trinken an, dieser lehnte jedoch dankend ab.

»Viel Zeit habe ich nicht«, meinte er. »Aber ich wollte doch mal vorbeischauen. Seit der Beerdigung haben wir uns nicht mehr gesprochen.«

»Seit der Beerdigung habe ich fast mit niemandem gesprochen«, murmelte Christopher.

Reverend Lindquist nickte verständnisvoll. »Ich auch nicht. Aber ich muß mich um andere Menschen kümmern, und, wie man sagt: Das Leben geht weiter.« Er hustete verlegen, so, als würde er seinen eigenen Worten nicht wirklich Glauben schenken. Er holte ein Taschentuch aus seiner Tasche und wischte sich damit über die Stirn, bevor er fortfuhr: »Es ist hart, sich vorzustellen, daß sie nicht mehr da ist. Ich wache morgens auf und warte am Tisch immer darauf, daß sie kommt und ihre Corn-flakes ißt. Sie aß so gerne Cornflakes morgens, mit einer Menge Milch dazu.« Er zuckte mit den Schultern. »Aber sie kommt nie.«

»Ich vermisse sie«, sagte Christopher.

Reverend Lindquist betrachtete ihn genauer. »Das merke ich. Du hast sie nur kurz gekannt, aber sie hatte dich auch gerne, was? Sie war ein bemerkenswertes Mädchen. Irgend etwas war anders mit ihr.«

»Ich wünschte, ich hätte sie besser gekannt«, sagte Christopher. Er wußte nicht, was er sonst hätte sagen sollen. Seine Trauer ließ sich mit Worten nicht ausdrücken. Sie war nicht schwächer geworden während des vergangenen Monats. Er bezweifelte, daß sie jemals vergehen würde.

»Es tut mir leid«, sagte der Pfarrer. »Ich will dich in deinem Schmerz nicht verletzen, aber . . .« Seine Worte verloren sich, und seine Augen füllten sich mit Tränen. Er ließ den Kopf sinken. »Ich habe selbst so viel Schmerz in mir, wahrscheinlich will ich ihn einfach mit jemandem teilen.«

Christopher beugte sich vor und berührte den Mann am Knie. »Sie brauchen sich nicht zu entschuldigen. Sie hat sie wirklich sehr geliebt. Kommen Sie ruhig immer her, wenn Sie über sie sprechen wollen.«

Er schaute hoch. »Hast du gewußt, daß ich nur ihr Pflegevater war?«

»Ja. Sie hat es mir gesagt.«

»Ich kannte sie erst seit drei Monaten.«

»Daß es nur so kurz war, wußte ich nicht.«

Reverend Lindquist nickte. »Drei Monate. Sie war wie eine Sternschnuppe in meinem Leben. Leuchtend, wunderschön – und dann so schnell wieder verschwunden.«

»Die Polizei weiß noch immer nichts?«

Traurig schüttelte Relas Vater den Kopf. »Nichts. Deine Beschreibung von diesem Mann, von Hal, hat sie nicht weitergebracht.« Er hielt inne, bevor ihn sein Kummer überwältigte. Er klopfte auf den Videorecorder. »Der Hauptgrund, warum ich hergekommen bin, ist, daß ich dir das hier geben möchte. Rela hat ihn sich gekauft, kurz bevor sie starb.« Er legte ihn neben sich auf die Couch. »Ich schaue mir nie Kassetten an. Ich dachte, sie hätte gewollt, daß du ihn bekommst.«

»Das ist sehr nett von Ihnen«, sagte Christopher.

»Rela hatte zwanzigtausend Dollar in ihrer Kommode«, erklärte Reverend Lindquist unvermittelt.

Christopher fuhr aus dem Stuhl hoch. »Wirklich? Wissen Sie, wo sie die her hat?«

»Nein.«

»Haben Sie der Polizei davon erzählt?«

»Ja.« Der Mann zuckte mit den Schultern. »Es hat nichts genutzt. Sie sagten mir, ich solle das Geld behalten. Ich wollte es der Mission geben.« Er fügte hinzu: »Wenn das für dich in Ordnung ist.«

»Ich will kein Geld«, sagte Christopher.

»Das dachte ich mir.« Der Pfarrer stand auf. »Tja, jetzt gehe ich dann mal. Ich muß in einer halben Stunde in der Mission sein. Weißt du, daß ich dort auch Rela kennengelernt habe?«

»Das habe ich auch nicht gewußt.«

»Ein Mann brachte sie von der Straße herein. Sie trug bloß einen grünen Krankenhauskittel. Kannst du dir das vorstellen? Sie irrte ganz benommen herum. Ihre richtige Familie haben wir nie gefunden.« Er tupfte sich das Gesicht mit dem Taschentuch ab. »Ich werde ganz sicher nicht versuchen, sie jetzt noch aufzuspüren.«

»Sie waren gut zu ihr.«

Der Schmerz des Mannes brannte wie eine offene Wunde. »Ich hätte besser auf sie aufpassen müssen.«

»Es war nicht Ihre Schuld. Es ist einfach geschehen. Was können Sie daran ändern?«

Reverend Lindquist schüttelte den Kopf. »*Ich* bin hier der Pfarrer. *Ich* sollte dies Dinge sagen.« Er klopfte Christopher auf die Schulter. »Junger Mann, ich hoffe, wir sehen uns bald einmal wieder. Viel Spaß mit dem Videorecorder. Rela mußte sparen, um ihn sich leisten zu können.«

Christopher verriet dem Pfarrer nicht Relas richtigen Namen. Er dachte: Laß ihren Vater sie so in Erinnerung behalten, wie er sie kannte. »Vielleicht brauche ich ihn schon heute«, sagte er.

Natürlich entsprach das nicht den Tatsachen. Sein eigener Recorder war wesentlich besser als Relas Gerät. Doch als der Pfarrer gegangen war, trug Christopher den Recorder ins Schlafzimmer und stellte ihn auf den Schreibtisch. Aus einem Impuls heraus schloß er ihn an seinen Fernseher an. Er bemerkte, daß in dem Gerät schon eine Kassette steckte – der erste *Lethal Weapon*. Christopher spürte keinen Drang, sich den Film noch einmal anzuschauen, spulte die Kassette jedoch aus reiner Gewohnheit zurück. Er wandte sich wieder dem Programm für sein Biofeedback-Gerät zu, als er mit seinem Ellenbogen versehentlich an die Starttaste des Videorecorders stieß.

Vielleicht war es Schicksal.

Relas Gesicht erschien auf dem Bildschirm. Saras. Sie sprach.

Sie war mitten dabei, eine Geschichte zu erzählen.

Nein, nicht irgendeine Geschichte, sie war mitten in *ihrer* Geschichte.

Er konnte auf dem Band sehen, wie sie die Dinge tat, von denen sie berichtete, lebendig und in Farbe. Wie das möglich war, verstand er nicht. Er hatte noch nie zuvor ein Band mit so hoher Auflösung gesehen. Und dann ihre Stimme – sie klang, als sei Rela gleich neben ihm hier im Zimmer.

Christopher drückte auf die Stopptaste und beeilte sich damit, das Band zurückzuspulen und von Beginn anzuschauen,

Ich war ein ganz normaler Teenager. Ich stand auf schöne Klamotten und laute Musik, lange Telefongespräche und verträumte Sommerabende. Worauf ich am meisten abfuhr, waren Kekse und Typen. Meine Lieblingskekse waren die mit Schokoraspeln – und dazu Milch. Zu Keksen gehört einfach Milch dazu. Habe ich schon immer gesagt.

Meine Lieblingstypen – na ja, eigentlich gab's da bloß einen. Er hieß Christopher. Ich heiße Rela . . .

Zwei Stunden später hatte sich Christopher das Band zu Ende angeschaut. Er verzog sich vom Schreibtisch und machte Fernseher und Recorder aus. Mittlerweile war es Nacht geworden, er ließ das Licht jedoch aus. Seine besten Gedanken kamen ihm oft, wenn er allein im Dunkeln saß.

Er ging davon aus, daß das Band in Ordnung war. Allein die Tatsache, daß es existierte, war Beweis genug. Er vergeudete auch keine Zeit damit, sich damit herumzuplagen, wie verblüffend und unwahrscheinlich das alles war. Vom Ursprung des Universums hatte er geträumt, seit er zehn war. Daß es seine Bestimmung war, ihn zu entdecken, überraschte ihn nicht. Er hatte schon immer gewußt, daß er ein Mann der Vorsehung war.

Aber was wußte er denn bis jetzt? Was würde er in den bevorstehenden Jahren lernen? Das Ausmaß dessen erschien ihm gewaltig, und doch beeindruckte es ihn tief, um wieviel besser Rela verstanden hatte, was wirklich wichtig im Leben war, als es ihr Großvater je vermocht hatte. Dieser Mann begriff das Universum. Sie kannte die Menschen. Er mochte der neue Einstein sein. Sie war – etwas Besonderes.

Ich kannte sie, dachte er. Ich werde sie kennen. Und sie hatte am Ende doch recht. Ich sehe sie bereits in einem anderen Licht, als ihr Großvater dies jemals tat. Ich werde sie so in meiner Erinnerung behalten, wie sie es wollte, und vielleicht werden die Zeitkreise der Menschheit auf diese Weise geschlossen werden.

Er war dankbar dafür, daß das Band angehalten hatte, bevor sie gestorben war.

Der Roboter hatte ihm ganz und gar nicht gefallen.

»So ein Ding werde ich niemals werden«, sagte Christopher mit bitterer Stimme. Aber sie klang auch entschlossen.

»Niemals.«

ENDE

Band 74 004

Christopher Pike

Die ewige Feindin

Deutsche Erstveröffentlichung

Während eines Griechenland-Urlaubs gerät Josie mit ihrem Boot in Seenot. Sie kann sich auf die kleine Insel Delos retten, die in der Antike als Heimat vieler Götter galt. In der folgenden Nacht hat Josie eine merkwürdige Vision: Sie befindet sich plötzlich nicht mehr im zwanzigsten Jahrhundert, sondern ist um Jahrtausende zurückversetzt in die Zeit, als die Götter noch auf Erden wandelten. Als Josie morgens aufwacht, glaubt sie zuerst an einen Traum – bis sie neben sich im Sand die kleine Satue einer Göttin findet. Josie nimmt sie an sich und wird gerettet. Aber von diesem Tag an verändert sich Josies Leben. Ein mysteriöses Ereignis jagt das andere, und Josie muß sich fragen, ob ihr die Göttin wirklich Glück bringt – oder den Tod ...

BASTEI LÜBBE

Sie erhalten diesen Band im Buchhandel, bei Ihrem Zeitschriftenhändler sowie im Bahnhofsbuchhandel.

Band 74 002

Christopher Pike
Laras letzte Party
Deutsche Erstveröffentlichung

Lara ist sicher, daß der Wochenendausflug in den Schnee ein toller Spaß werden wird. Zum erstenmal seit Jahren trifft sich die alte Clique wieder. Es stimmt einfach alles: eine faszinierende Landschaft, ein riesiges, gemütliches Haus und sechs Mädchen, die fest entschlossen sind, sich bei Ski und Après-Ski bestens zu amüsieren. Doch die Wiedersehensfreude bleibt nicht lange ungetrübt, denn plötzlich gehen merkwürdige Dinge vor: Die Telefonleitung zu dem alten Haus wird unterbrochen, ein Schneemann geht in Flammen auf, und Laras Freundin Dana verschwindet spurlos.
Und dann geschieht etwas, das die Erinnerung an das letzte gemeinsame Wochenende vor vielen Jahren wachruft – ein Wochenende mit entsetzlichen Folgen . . .

BASTEI LÜBBE

Sie erhalten diesen Band im Buchhandel, bei Ihrem Zeitschriftenhändler sowie im Bahnhofsbuchhandel.